U0902674

国学经典丛书
名家注评本

浮生六记

（外三种）

[清] 沈复 著
唐昱 注评

长江出版传媒
长江文艺出版社

图书在版编目（CIP）数据

浮生六记（外三种）/（清）沈复著；唐昱注评. --
武汉：长江文艺出版社，2015.7（2023.9 重印）
（国学经典丛书）
ISBN 978-7-5354-8045-3

Ⅰ. ①浮… Ⅱ. ①沈… ②唐… Ⅲ. ①古典散文—散文集—中国—清代 Ⅳ. ①I264.9

中国版本图书馆 CIP 数据核字（2015）第 105465 号

责任编辑：黄雪菁　　责任校对：毛季慧
封面设计：新华智品　　责任印制：邱　莉　杨　帆

出版：长江出版传媒　长江文艺出版社
地址：武汉市雄楚大街 268 号　　邮编：430070
发行：长江文艺出版社
电话：027—87679360
http://www.cjlap.com
印刷：三河市百盛印装有限公司

开本：880 毫米×1230 毫米　1/32　　印张：7
版次：2015 年 7 月第 1 版　　2023 年 9 月第 4 次印刷
字数：129 千字

定价：68.00 元

总 序

郭齐勇　武汉大学国学院院长

国学大师钱穆先生曾说“今人率言‘革新’，然革新固当知旧”。对现代人尤其是青年一代来说，缺乏的也许不是所谓的“革新力量”，而是“知旧”，也即对传统的了解。

中国文化传统的源头，都在中国古代经典当中。从先秦的《诗经》《易经》，晚周诸子，前四史与《资治通鉴》，骚体诗、汉乐府和辞赋，六朝骈文，直到唐诗、宋词、元曲和明清小说，在传统经典这条源远流长的巨川大河中，流淌着多少滋养着我们精神的养分和元气！

《说文解字》上说“经”是一种有条不紊的编织排列，《广韵》上说“典”是一种法、一种规则。经与典交织运作，演绎中国文化的风貌，制约着我们的日常行为规范、生活秩序。中国文化的基调，总体上是倾向于人间的，是关心人生、参与人生、反映人生的，当然也是指导人生的。无论是春秋战国的诸子哲学，汉魏各家的传经事业，韩柳欧苏的道德文章，程朱陆王的心性义理，还是先民传唱的诗歌，屈原的忧患行吟，都洋溢着强烈的平民性格、人伦大爱、家国情怀、理想境界。尤其是四书五经，更是中国人的常经、常道。这些对当下中国人治国理政，建构健康人格，铸造民族精魂都具有重要意义。经典是当代人增长生命智慧的源头活水！

长江文艺出版社历来重视中华民族优秀传统文化的传播及普及，近年来更在阐释传统经典、传承核心文化价值，建构文化认同的大纛下努力向中国古典文化的宝库掘进。他们欲推出《国学经典丛书》，殊为可喜。

怎么样推广这些传统文化经典呢？

古代经典和现代读者的阅读习惯及趣味本来有一定差距，如果再板起面孔、高高在上，只会让现代读者望而生畏。当然，经典也不是任人打扮的小姑娘，一味将它鸡汤化、庸俗化、功利化，也会让它变味。最好的办法就是，既忠实于经典的原汁原味，又方便读者读懂经典，易于接受。在这个原则的指导下，《国学经典丛书》首先是以原典为主，尊重原典，呈现原典。同时又照顾现实需要，为现代读者阅读经典扫除障碍，对经典作必要的字词义的疏通。这些必要精到的疏通，给了现代读者一把打开经典大门的钥匙，开启了现代读者与古圣先贤神交的窗口。

放眼当下出版界，传统文化出版物鱼目混珠、泥沙俱下，诸多出版商打着传承古典文化的旗号，曲解经典，对现代读者尤其是广大青少年认知传承经典起了误导作用。有鉴于此，长江文艺出版社推出的《国学经典丛书》特别注重版本的选取。这套丛书30个品种当中，大多数择取了当前国内已经出版过的优秀版本，是请相关领域的名家、专业人士重新梳理的。这些版本在尊重原典的前提下同时兼顾其普及性，希望读者能有一次轻松愉悦的古典之旅。

种种原因，这套丛书必然会有缺点和疏漏，祈望方家指正。

前 言

本书收录的《浮生六记》以及冒襄《影梅庵忆语》、陈裴之《香畹楼忆语》、蒋坦《秋灯琐忆》都属明清忆语体散文。一代国学大师王国维在《宋元戏曲考》提出："凡一代有一代之文学，楚之骚，汉之赋，六代之骈语，唐之诗，宋之词，元之曲，皆所谓一代之文学，而后世莫能继焉者也。"到了独抒性灵的明中后期，小品文甚为可观，成为明清一代之文学。

忆语体散文在小品中可谓独树一帜，它以我国古代文学作品因囿于礼教之故而绝少涉及的男女情爱为主题，作者通过追忆与其妻（妾）之间感情生活、日常琐事、游历记趣等来表达对美好爱情的礼赞，抒发对亡妻（妾）的怀念，蕴涵着对自我价值的追求和认可。文章不拘格套，独抒性灵，深入灵魂深处地对自我内心情感进行解剖，透露出了作者强烈的主体抒情意识，在内容上对婚后闺阁情趣细腻真挚的描绘及对婚前爱情大胆直接的表露在文学史上都极为罕见。正如文学鸿篇巨制《红楼梦》作者曹雪芹对女性毫不吝啬的赞美一样，忆语文人们对追忆对象也是赞赏有加，叹服不已，对女性的文学创作和才情进行了充分的肯定，用自然的笔调塑造出理想的女性伴侣形象，体现出了独特的女性关注意识。从文学发展的角度看，忆语体散文既是明清文学中的一种特殊文体，又是明清文学发展的一个侧面，它一定程度地反映了当时士人的生活风貌、文学思潮的变迁，以及封建社会末期婚姻家庭状况，具有独特的文学价值。

沈复的《浮生六记》无疑是忆语体散文的巅峰之作，也一直被后人所津津乐道。“两脚踏中西文化，一心评宇宙文章”的颇有些西派作风的林语堂先生说它塑造了一个中国文学及中国历史上（因为确有其人）一个最可爱的女人；红学大家俞平伯少时便觉得此书“可爱”，后审视它可爱之处就在于“俨如一块纯美的水晶，只见明莹，不见衬露明莹的颜色；只见精微，不见制作精微的痕迹”。别具慧眼的陈寅恪指出：“吾国文学，自来以礼法顾忌之故，不敢多言男女间关系，而于正式男女关系如夫妇者，尤少涉及。盖闺房燕昵之情意，家庭迷盐之琐屑，大抵不列于篇章，惟以笼统之词，概括言之而已。此后来沈三白《浮生六记》之《闺房记乐》，所以为例外创作。”此书被一版再版，还被翻译成多种文字，也曾被舞台剧、电影所演绎，最近的一个版本便是北京京剧院创作的小剧场京剧，颇受年轻观众喜爱。

托尔斯泰在《安娜·卡列尼娜》中说：“幸福的家庭往往是相似的，不幸的家庭却各有各的不幸。”本书里的四对夫妻，沈三白与芸娘、冒辟疆与董小宛、陈小云与紫姬、蒋坦与秋芙他们都是琴瑟和谐的恩爱夫妻。他们的幸福婚姻生活有很多相似之处，我们通过品读他们生活的点点滴滴，或许也能够找到通往幸福婚姻生活的途径。

目　录

浮生六记

[清] 沈复

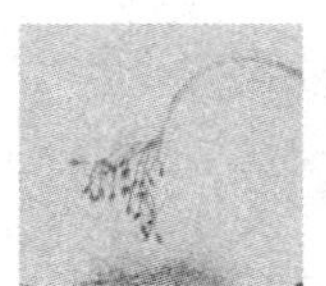

卷一　闺房记乐

余生乾隆癸未[①]冬十一月二十有二日，正值太平盛世，且在衣冠之家[②]，居苏州沧浪亭畔，天之厚我，可谓至矣。东坡云："事如春梦了无痕"，苟不记之笔墨，未免有辜彼苍之厚。因思《关雎》冠《三百篇》[③]之首，故列夫妇于首卷，余以次递及焉。所愧少年失学，稍识之无，不过记其实情实事而已。若必考订其文法，是责明于垢鉴矣。

余幼聘金沙于氏，八龄而夭；娶陈氏。陈名芸，字淑珍，舅氏心余先生女也。生而颖慧，学语时，口授《琵琶行》[④]，即能成诵。四龄失怙[⑤]，母金氏，弟克昌，家徒壁立。芸既长，娴女红，

---

① 乾隆癸未：清乾隆二十八年，即公元 1763 年。

② 衣冠之家：官绅之家。

③ 《三百篇》：《诗经》的代称。《关雎》是《诗经》的第一篇，内容乃歌颂男女之间的爱情。

④ 《琵琶行》：唐朝诗人白居易的长篇叙事诗。

⑤ 失怙：失去父亲。

三口仰其十指供给，克昌从师修脯[①]无缺。一日，于书簏[②]中得《琵琶行》，挨字而认，始识字。刺绣之暇，渐通吟咏，有“秋侵人影瘦，霜染菊花肥”之句。

余年十三，随母归宁，两小无嫌，得见所作，虽叹其才思隽秀，窃恐其福泽不深，然心注不能释，告母曰：“若为儿择妇，非淑姊不娶。”母亦爱其柔和，即脱金约指缔姻焉。此乾隆乙未七月十六日也。

是年冬，值其堂姊出阁，余又随母往。芸与余同齿而长余十月，自幼姊弟相呼，故仍呼之曰淑姊。

时但见满室鲜衣，芸独通体素淡，仅新其鞋而已。见其绣制精巧，询为己作，始知其慧心不仅在笔墨也。

其形削肩长项，瘦不露骨，眉弯目秀，顾盼神飞。惟两齿微露，似非佳相。一种缠绵之态，令人之意也消。

索观诗稿，有仅一联，或三四句，多未成篇者。询其故，笑曰：“无师之作，愿得知己堪师者敲成之耳。”余戏题其签曰“锦囊佳句”[③]，不知夭寿之机此已伏矣。

是夜送亲城外，返，已漏[④]三下，腹饥索饵，婢妪以枣脯进，余嫌其甜。芸暗牵余袖，随至其室，见藏有暖粥并小菜焉。余欣然举箸，忽闻芸堂兄玉衡呼曰：“淑妹速来！”芸急闭门曰：“已

---

① 修脯：干肉。即古代入学时学生送给老师的礼物。

② 书簏：装书用的竹箱。

③ 锦囊佳句：相传唐代诗人李贺每次外出，都背一锦囊，途中想到佳句，即记下投入囊中。李贺年仅二十七岁而卒，故下文说“寿夭之机此已伏矣”，暗示芸姊寿命不长。

④ 漏：古代计时用的漏壶。漏三下，即凌晨三点。

疲乏，将卧矣。”玉衡挤身而入，见余将吃粥，乃笑睨芸曰：“顷我索粥，汝曰‘尽矣’，乃藏此专待汝婿耶？”芸大窘避去，上下哗笑之。余亦负气，挈老仆先归。

自吃粥被嘲，再往，芸即避匿，余知其恐贻人笑也。

至乾隆庚子正月二十二日花烛之夕，见瘦怯身材依然如昔，头巾既揭，相视嫣然。合卺[①]后，并肩夜膳，余暗于案下握其腕，暖尖滑腻，胸中不觉怦怦作跳。让之食，适逢斋期，已数年矣。暗计吃斋之初，正余出痘之期，因笑谓曰：“今我光鲜无恙，姊可从此开戒否？”芸笑之以目，点之以首。

廿四日为余姊于归[②]，廿三国忌不能作乐，故廿二之夜即为余姊款嫁，芸出堂陪宴。余在洞房与伴娘对酌，拇战辄北[③]，大醉而卧，醒则芸正晓妆未竟也。

是日亲朋络绎，上灯后始作乐。廿四子正，余作新舅送嫁，丑末归来，业已灯残人静，悄然入室，伴妪盹于床下，芸卸妆尚未卧，高烧银烛，低垂粉颈，不知观何书而出神若此。因抚其肩曰：“姊连日辛苦，何犹孜孜不倦耶？”

芸忙回首起立曰：“顷正欲卧，开橱得此书，不觉阅之忘倦。《西厢》[④] 之名闻之熟矣，今始得见，真不愧才子之名，但未免形容尖薄耳。”

余笑曰：“唯其才子，笔墨方能尖薄。”

---

① 合卺：举行婚礼。

② 于归：出嫁。

③ 拇战辄北：划拳总是输。

④ 《西厢》：元王实甫著，写张生与崔莺莺的爱情故事。明清时期曾是禁书，也是青年男女的爱情启蒙读物。

伴妪在旁促卧，令其闭门先去。遂与比肩调笑，恍同密友重逢。戏探其怀，亦怦怦作跳，因俯其耳曰："姊何心春[1]乃尔耶？"芸回眸微笑，便觉一缕情丝摇人魂魄，拥之入帐，不知东方之既白。

芸作新妇，初甚缄默，终日无怒容，与之言，微笑而已。事上以敬，处下以和，井井然未尝稍失。每见朝暾上窗，即披衣急起，如有人呼促者然。余笑曰："今非吃粥比矣，何尚畏人嘲耶？"芸曰："曩[2]之藏粥待君，传为话柄。今非畏嘲，恐堂上道新娘懒惰耳。"

余虽恋其卧而德其正，因亦随之早起。自此耳鬓相磨，亲同形影，爱恋之情有不可以言语形容者。

而欢娱易过，转睫弥月[3]。时吾父稼夫公在会稽幕府，专役相迓，受业于武林[4]赵省斋先生门下。先生循循善诱，余今日之尚能握管，先生力也。

归来完姻时，原订随侍到馆，闻信之余，心甚怅然，恐芸之对人堕泪，而芸反强颜劝勉，代整行装，是晚但觉神色稍异而已。临行，向余小语曰："无人调护，自去经心。"

及登舟解缆，正当桃李争妍之候，而余则恍同林鸟失群，天地异色。到馆后，吾父即渡江东去。

居三月如十年之隔。芸虽时有书来，必两问一答，中多勉励词，余皆浮套语，心殊怏怏。每当风生竹院，月上蕉窗，对景怀

---

① 心春：心跳。

② 曩：过去，以往。

③ 转睫弥月：转眼就过了一个月。

④ 武林：杭州的别称。

人，梦魂颠倒。

先生知其情，即致书吾父，出十题而遣余暂归，喜同戍人得赦。

登舟后，反觉一刻如年。及抵家，吾母处问安毕，入房，芸起相迎，握手未通片语，而两人魂魄恍恍然化烟成雾，觉耳中惺然一响，不知更有此身矣。

时当六月，内室炎蒸，幸居沧浪亭爱莲居西间壁，板桥内一轩临流，名曰“我取”，取“清斯濯缨，浊斯濯足”[①] 意也。檐前老树一株，浓阴覆窗，人画俱绿，隔岸游人往来不绝。此吾父稼夫公垂帘宴客处也。禀命吾母，携芸消夏于此，因暑罢绣，终日伴余课书论古，品月评花而已。芸不善饮，强之可三杯，教以射覆[②]为令。自以为人间之乐，无过于此矣。

一日，芸问曰：“各种古文，宗何为是？”

余曰：“《国策》、《南华》取其灵快，匡衡、刘向取其雅健，史迁、班固取其博大，昌黎取其浑，柳州取其峭，庐陵取其宕，三苏取其辩，他若贾、董策对，庾、徐骈体，陆贽奏议，取资者不能尽举，在人之慧心领会耳。”

芸曰：“古文全在识高气雄，女子学之，恐难入彀[③]。唯诗之一道，妾稍有领悟耳。”

余曰：“唐以诗取士，而诗之宗匠必推李、杜，卿爱宗何人？”

---

① 清斯濯缨，浊斯濯足：出自《孟子·离娄·上》：“沧浪之水清兮，可以濯我缨，沧浪之水浊兮，可以濯我足。”表现出一种任意恣肆、自得其乐的意味。

② 射覆：酒令的一种，用相连字句隐物而使人猜度。

③ 入彀：进入弓箭射程之内，在此指入门。

芸发议曰："杜诗锤炼精纯，李诗激洒落拓。与其学杜之森严，不如学李之活泼。"

余曰："工部为诗家之大成，学者多宗之，卿独取李，何也？"

芸曰："格律谨严，词旨老当，诚杜所独擅。但李诗宛如姑射仙子[①]，有一种落花流水之趣，令人可爱。非杜亚于李，不过妾之私心宗杜心浅，爱李心深。"

余笑曰："初不料陈淑珍乃李青莲知己。"

芸笑曰："妾尚有启蒙师白乐天先生，时感于怀，未尝稍释。"

余曰："何谓也？"

芸曰："彼非作《琵琶行》者耶？"

余笑曰："异哉！李太白是知己，白乐天是启蒙师，余适字三白为卿婿，卿与'白'字何其有缘耶？"

芸笑曰："白字有缘，将来恐白字连篇耳（吴音呼别字为白字）。"相与大笑。

余曰："卿既知诗，亦当知赋之弃取。"

芸曰："《楚辞》为赋之祖，妾学浅费解。就汉、晋人中调高语炼，似觉相如为最。"

余戏曰："当日文君之从长卿，或不在琴而在此乎？"复相与大笑而罢。

余性爽直，落拓不羁；芸若腐儒，迂拘多礼。偶为之整袖，必连声道"得罪"；或递巾授扇，必起身来接。余始厌之，曰：

① 姑射仙子：《庄子·逍遥游》中的仙女。

“卿欲以礼缚我耶？语曰：‘礼多必诈’。”芸两颊发赤，曰：“恭而有礼，何反言诈？”余曰：“恭敬在心，不在虚文。”芸曰：“至亲莫如父母，可内敬在心而外肆狂放耶？”余曰：“前言戏之耳。”芸曰：“世间反目多由戏起，后勿冤妾，令人郁死！”余乃挽之入怀，抚慰之，始解颜为笑。自此“岂敢”、“得罪”竟成语助词矣。鸿案相庄[①]廿有三年，年愈久而情愈密。家庭之内，或暗室相逢，窄途邂逅，必握手问曰：“何处去？”私心忒忒，如恐旁人见之者。实则同行并坐，初犹避人，久则不以为意。芸或与人坐谈，见余至，必起立，偏挪其身，余就而并焉，彼此皆不觉其所以然者。始以为惭，继成不期然而然。独怪老年夫妇相视如仇者，不知何意。或曰：“非如是，焉得白头偕老哉？”斯言诚然欤？

是年七夕，芸设香烛瓜果，同拜天孙[②]于“我取轩”。余镌“愿生生世世为夫妇”图章二方，余执朱文，芸执白文，以为往来书信之用。

是夜月色颇佳，俯视河中，波光如练，轻罗小扇，并坐水窗，仰见飞云过天，变态万状。芸曰：“宇宙之大，同此一月，不知今日世间，亦有如我两人之情兴否。”余曰：“纳凉玩月，到处有之。若品论云霞，或求之幽闺绣闼，慧心默证者固亦不少。若夫妇同观，所品论者，恐不在此云霞耳。”未几，烛烬月沉，撤果归卧。

七月望，俗谓之鬼节。芸备小酌，拟邀月畅饮，夜忽阴云如

---

① 鸿案相庄：形容夫妻相敬如宾。

② 天孙：织女星，传说织女是天帝的孙女。

晦。芸愀然曰：“妾能与君白头偕老，月轮当出。”余亦索然。但见隔岸萤光，明灭万点，梳织于柳堤蓼渚[①]间。

余与芸联句以遣闷怀，而两韵之后，逾联逾纵，想入非夷，随口乱道。芸已漱涎涕泪，笑倒余怀，不能成声矣。觉其鬓边茉莉浓香扑鼻，因拍其背以他词解之曰：“想古人以茉莉形色如珠，故供助妆压鬓，不知此花必沾油头粉面之气，其香更可爱，所供佛手当退三舍矣。”芸乃止笑曰：“佛手乃香中君子，只在有意无意间；茉莉是香中小人，故须借人之势，其香也如胁肩谄笑。”余曰：“卿何远君子而近小人？”芸曰：“我笑君子爱小人耳。”

正话间，漏已三滴，渐见风扫云开，一轮涌出，乃大喜。倚窗对酌，酒未三杯，忽闻桥下哄然一声，如有人堕。就窗细瞩，波明如镜，不见一物，惟闻河滩有只鸭急奔声。余知沧浪亭畔素有溺鬼，恐芸胆怯，未敢即言。芸曰：“噫！此声也，胡为乎来哉？”不禁毛骨皆栗，急闭窗，携酒归房。一灯如豆，罗帐低垂，弓影杯蛇，惊神未定。剔灯入帐，芸已寒热大作，余亦继之，困顿两旬。真所谓乐极灾生，亦是白头不终之兆。

中秋日，余病初愈，以芸半年新妇，未尝一至间壁之沧浪亭，先令老仆约守者勿放闲人，于将晚时，偕芸及余幼妹，一妪一婢扶焉，老仆前导，过石桥，进门折东，曲径而入。叠石成山，林木葱翠，亭在土山之巅。循级至亭心，周望极目可数里，炊烟四起，晚霞灿然。隔岸名“近山林”；为大宪行台[②]宴集之地，时正谊书院犹未启也。携一毯设亭中，席地环坐，守者烹茶

---

① 蓼渚：长满了蓼草的水中小岛。

② 大宪行台：巡抚出巡时的驻所。

以进。少焉，一轮明月已上林梢，渐觉风生袖底，月到波心，俗虑尘怀，爽然顿释。芸曰：“今日之游乐矣！若驾一叶扁舟，往来亭下，不更快哉！”时已上灯，忆及七月十五夜之惊，相扶下亭而归。吴俗，妇女是晚不拘大家小户，皆出结队而游，名曰“走月亮”。沧浪亭幽雅清旷，反无一人至者。

吾父稼夫公喜认义子，以故余异姓弟兄有二十六人；吾母亦有义女九人。九人中王二姑、俞六姑与芸最和好。王痴憨善饮，俞豪爽善谈。每集，必逐余居外，而得三女同榻；此俞六姑一人计也。余笑曰：“俟妹于归后，我当邀妹丈来，一住必十日。”俞曰：“我亦来此，与嫂同榻，不大妙耶？”芸与王微笑而已。

时为吾弟启堂娶妇，迁居饮马桥之仓米巷。屋虽宏畅，非复沧浪亭之幽雅矣。吾母诞辰演剧，芸初以为奇观。吾父素无忌讳，点演《惨别》等剧，老伶刻画，见者情动。余窥帘见芸忽起去，良久不出，入内探之，俞与王亦继至。见芸一人支颐独坐镜奁之侧。余曰：“何不快乃尔？”芸曰：“观剧原以陶情，今日之戏徒令人肠断耳。”俞与王皆笑之。余曰：“此深于情者也。”俞曰：“嫂将竟日独坐于此耶？”芸曰：“俟有可观者再往耳。”王闻言先出，请吾母点《刺梁》、《后索》等剧，劝芸出观，始称快。

余堂伯父素存公早亡，无后，吾父以余嗣焉。墓在西跨塘福寿山祖茔之侧，每年春日必挈芸拜扫。王二姑闻其地有戈园之胜，请同往。芸见地下小乱石有苔纹，斑驳可观，指示余曰：“以此叠盆山，较宣州白石为古致。”余曰：“若此者恐难多得。”王曰：“嫂果爱此，我为拾之。”即向守坟者借麻袋一，鹤步而拾之。每得一块，余曰“善”，即收之；余曰“否”，即去之。未几，粉汗盈盈，拽袋返曰："再拾则力不胜矣。"芸且拣且言曰："我闻山果收获，必借猴力，果然。"王愤撮十指作哈痒状；余横阻之，责芸曰："人劳汝逸，犹作此语，无怪妹之动愤也。"

归途游戈园，稚绿娇红，争妍竞媚。王素憨，逢花必折。芸叱曰："既无瓶养，又不簪戴，多折何为！"王曰："不知痛痒者何害？"余笑曰："将来罚嫁麻面多须郎，为花泄忿。"王怒余以目，掷花于地，以莲钩[①]拨入池中，曰："何欺侮我之甚也！"芸笑解之而罢。

芸初缄默，喜听余议论。余调其言，如蟋蟀之用纤草，渐能发议。其每日饭必用茶泡，喜食芥卤乳腐，吴俗呼为"臭乳腐"，又喜食虾卤瓜。此二物余生平所最恶者，因戏之曰："狗无胃而食粪，以其不知臭秽；蜣螂团粪而化蝉，以其欲修高举也。卿其狗耶？蝉耶？"芸曰："腐取其价廉而可粥可饭，幼时食惯。今至君家，已如蜣螂化蝉。犹喜食之者，不忘本也。至卤瓜之味，到此初尝耳。"

余曰："然则我家系狗窦[②]耶？"芸窘而强解曰："夫粪，人家皆有之，要在食与不食之别耳。然君喜食蒜，妾亦强啖之。腐不敢强，瓜可掩鼻略尝，入咽当知其美，此犹无盐[③]貌丑而德美也。"余笑曰："卿陷我作狗耶？"芸曰："妾作狗久矣，屈君试尝之。"以箸强塞余口，余掩鼻咀嚼之，似觉脆美，开鼻再嚼，竟成异味，从此亦喜食。芸以麻油加白糖少许拌卤腐，亦鲜美；以

---

① 莲钩：小脚，俗称三寸金莲。
② 狗窦：狗洞。
③ 无盐：齐宣王的王后，貌丑而有德。

卤瓜捣烂拌卤腐，名之曰双鲜酱，有异味。余曰："始恶而终好之，理之不可解也。"芸曰："情之所钟，虽丑不嫌。"

余启堂弟妇，王虚舟先生孙女也，催妆[①]时偶缺珠花。芸出其纳采[②]所受者呈吾母，婢妪旁惜之。芸曰："凡为妇人，已属纯阴，珠乃纯阴之精，用为首饰，阳气全克矣，何贵焉？"而于破书残画，反极珍惜。书之残缺不全者，必搜集分门，汇订成帙，统名之曰"断简残编"；字画之破损者，必觅故纸粘补成幅，有破缺处，倩予全好而卷之，名曰"弃余集赏"。于女红中馈[③]之暇，终日琐琐，不惮烦倦。芸于破笥烂卷中，偶获片纸可观者，如得异宝。旧邻冯妪每收乱卷卖之。其癖好与余同，且能察眼意，懂眉语，一举一动，示之以色，无不头头是道。

余尝曰："惜卿雌而伏，苟能化女为男，相与访名山，搜胜迹，遨游天下，不亦快哉！"

芸曰："此何难？俟妾鬓斑之后，虽不能远游五岳，而近地之虎阜、灵岩，南至西湖，北至平山，尽可偕游。"

余曰："恐卿鬓斑之日，步履已艰。"

芸曰："今世不能，期以来世。"

余曰："来世卿当作男，我为女子相从。"

芸曰："必得不昧今生，方觉有情趣。"

余笑曰："幼时一粥犹谈不了，若来世不昧今生，合卺之夕，细谈隔世，更无合眼时矣。"

---

① 催妆：旧时婚礼的一种仪式。婚礼前男方需向女方送去梳妆用的物品。

② 纳采：旧时婚礼的一种仪式。女方答应议婚后，男方备礼前去求婚，女方受礼为纳采。

③ 中馈：古时指妇女在家中主持饮食之事。

芸曰："世传月下老人专司人间婚姻事，今生夫妇已承牵合，来世姻缘亦须仰藉神力，盍绘一像祀之？"

时有苕溪戚柳堤，名遵，善写人物，倩绘一像：一手挽红丝，一手携杖悬姻缘簿，童颜鹤发，奔驰于非烟非雾中。此戚君得意笔也。友人石琢堂为题赞语于首，悬之内室。每逢朔望，余夫妇必焚香拜祷。后因家庭多故，此画竟失所在，不知落在谁家矣。"他生未卜此生休"，两人痴情，果邀神鉴耶？

迁仓米巷，余颜[1]其卧楼曰"宾香阁"，盖以芸名而取如宾意也。院窄墙高，一无可取。后有厢楼，通藏书处，开窗对陆氏废园，但有荒凉之象。沧浪风景，时切芸怀。

有老妪居金母桥之东、埂巷之北，绕屋皆菜圃，编篱为门，门外有池约亩许，花光树影，错杂篱边，其地即元末张士诚[2]王府废基也。屋西数武，瓦砾堆成土山，登其巅，可远眺，地旷人稀，颇饶野趣。

妪偶言及，芸神往不置，谓余曰："自别沧浪，梦魂常绕，每不得已而思其次，其老妪之居乎？"余曰："连朝秋暑灼人，正思得一清凉地以消长昼。卿若愿往，我先观其家，可居，即袱被而往，作一月盘桓，何如？"芸曰："恐堂上不许。"余曰："我自请之。"越日，至其地，屋仅二间，前后隔而为四，纸窗竹榻，颇有幽趣。老妪知余意，欣然出其卧室为赁，四壁糊以白纸，顿觉改观。于是禀知吾母，挈芸居焉。

---

① 颜：指堂上或门上的楣。此处指在门楣上题字。

② 张士诚：元末泰州人，曾起兵反元，自称诚王，后降元，为明将所俘，自缢死。

邻仅老夫妇二人，灌园为业，知余夫妇避暑于此，先来通殷勤，并钓池鱼、摘园蔬为馈。偿其价，不受，芸作鞋报之，始谢而受。

时方七月，绿树阴浓，水面风来，蝉鸣聒耳。邻老又为制鱼竿，与芸垂钓于柳阴深处。日落时，登土山，观晚霞夕照，随意联吟，有“兽云吞落日，弓月弹流星”之句。少焉，月印池中，虫声四起，设竹榻于篱下。老妪报酒温饭熟，遂就月光对酌，微醺而饭。浴罢，则凉鞋蕉扇，或坐或卧，听邻老谈因果报应事。三鼓归卧，周体清凉，几不知身居城市矣。

篱边倩邻老购菊，遍植之。九月花开，又与芸居十日。吾母亦欣然来观，持螯对菊，赏玩竟日。

芸喜曰：“他年当与君卜筑[①]于此，买绕屋菜园十亩，课仆妪植瓜蔬，以供薪水。君画我绣，以为诗酒之需。布衣菜饭，可乐终身，不必作远游计也。”余深然之。今即得有境地，而知己沦亡，可胜浩叹！

离余家中里许，醋库巷有洞庭君祠[②]，俗呼水仙庙，回廊曲折，小有园亭。每逢神诞，众姓各认一落，密悬一式之玻璃灯，中设宝座，旁列瓶几，插花陈设，以较胜负。日惟演戏，夜则参差高下，插烛于瓶花间，名曰“花照”。花光灯影，宝鼎香浮，若龙宫夜宴。司事者或笙箫歌唱，或煮茗清谈，观者如蚁集，檐下皆设栏为限。

---

① 卜筑：择地建房。

② 洞庭君祠：此洞庭为太湖的别称。洞庭君祠，即祭祀太湖之神的庙宇。

余为众友邀去，插花布置，因得躬逢其盛。归家向芸艳称[①]之，芸曰："惜妾非男子，不能往。"余曰："冠我冠，衣我衣，亦化女为男之法也。"于是易鬐为辫[②]，添扫蛾眉；加余冠，微露两鬓，尚可掩饰；服余衣长一寸又半；于腰间折而缝之，外加马褂。芸曰："脚下将奈何？"余曰："坊间有蝴蝶履[③]，大小由之，购亦极易，且早晚可代撒鞋之用，不亦善乎？"芸欣然。及晚餐后，装束既毕，效男子拱手阔步者良久，忽变卦曰："妾不去矣。为人识出既不便，堂上闻之又不可。"余怂恿曰："庙中司事者谁不知我，即识出，亦不过付之一笑耳。吾母现在九妹丈家，密去密来，焉得知之？"

芸揽镜自照，狂笑不已。余强挽之，悄然径去，遍游庙中，无识出为女子者。或问何人，以表弟对，拱手而已。最后至一处，有少妇幼女坐于所设宝座后，乃杨姓司事者之眷属也。芸忽趋彼通款曲[④]，身一侧，而不觉一按少妇之肩。旁有婢媪怒而起曰："何物狂生，不法乃尔！"余试为措词掩饰。芸见势恶，即脱帽翘足示之曰："我亦女子耳。"相与愕然，转怒为欢，留茶点，唤肩舆送归。

吴江钱师竹病故，吾父信归，命余往吊。芸私谓余曰："吴江必经太湖，妾欲偕往，一宽眼界。"余曰："正虑独行踽踽，得卿同行固妙，但无可托词耳。"芸曰："托言归宁。君先登舟，妾

---

① 艳称：绘声绘色地描述。

② 易鬐为辫：把盘发改为辫子。清朝男子拖辫，女子盘发，把盘发改为辫子即是女扮男装。

③ 蝴蝶履：鞋面中间有接缝的便鞋。

④ 通款曲：搭话、闲谈。

当继至。”余曰：“若然，归途当泊舟万年桥下，与卿待月乘凉，以续沧浪韵事。”

时六月十八日也。是日早凉，携一仆先至胥江渡口，登舟而待。芸果肩舆至。解维出虎啸桥，渐见风帆沙鸟，水天一色。芸曰：“此即所谓太湖耶？今得见天地之宽，不虚此生矣！想闺中人有终身不能见此者！”闲话未几，风摇岸柳，已抵江城。

余登岸拜奠毕，归视舟中洞然，急询舟子。舟子指曰：“不见长桥柳阴下观鱼鹰捕鱼者乎？”盖芸已与船家女登岸矣。余至其后，芸犹粉汗盈盈，倚女而出神焉。余拍其肩曰：“罗衫汗透矣！”芸回首曰：“恐钱家有人到舟，故暂避之。君何回来之速也？”余笑曰：“欲捕逃耳。”

于是相挽登舟，返棹至万年桥下，阳乌①犹未落山。舟窗尽落，清风徐来，纨扇罗衫，剖瓜解暑。少焉，霞映桥红，烟笼柳暗，银蟾②欲上，渔火满江矣。命仆至船梢与舟子同饮。

船家女名素云，与余有杯酒交，人颇不俗。招之与芸同坐。船头不张灯火，待月快酌，射覆为令。素云双目闪闪，听良久，曰：“觞政③依颇娴习，从未闻有斯令，愿受教。”芸即譬其言而开导之，终茫然。

余笑曰：“女先生且罢论，我有一言作譬。即了然矣。”芸曰：“君若何譬之？”余曰：“鹤善舞而不能耕，牛善耕而不能舞，物性然也，先生欲反而教之，无乃劳乎？”素云笑捶余肩曰：“汝

---

① 阳乌：太阳。古时以乌鸦为太阳的象征。

② 银蟾：月亮。古时以蟾蜍为月亮的象征。

③ 觞政：酒令。

骂我耶！”芸出令曰：“只许动口，不许动手。违者罚大觥。”素云量豪，满斟一觥，一吸而尽。余曰：“动手但准摸索，不准捶人。”芸笑挽素云置余怀，曰：“请君摸索畅怀。”余笑曰：“卿非解人，摸索在有意无意间耳，拥而狂探，田舍郎之所为也。”时四鬓所簪茉莉为酒气所蒸，杂以粉汗油香，芳馨透鼻。余戏曰：“小人臭味充满船头，令人作恶。”素云不禁握拳连捶曰：“谁教汝狂嗅耶？”

芸呼曰：“违令，罚两大觥！”

素云曰：“彼又以小人骂我，不应捶耶？”

芸曰：“彼之所谓小人，益有故也。请干此，当告汝。”

素云乃连尽两觥。芸乃告以沧浪旧居乘凉事。

素云曰：“若然，真错怪矣，当再罚。”又干一觥。

芸曰：“久闻素娘善歌，可一聆妙音否？”素即以象箸击小碟而歌。芸欣然畅饮，不觉酩酊，乃乘舆先归。余又与素云茶话片刻，步月而回。

时余寄居友人鲁半舫家萧爽楼中。越数日，鲁夫人误有所闻，私告芸曰：“前日闻若婿挟两妓饮于万年桥舟中，子知之否？”芸曰：“有之，其一即我也。”因以偕游始末详告之。鲁大笑，释然而去。

乾隆甲寅七月，余自粤东归。有同伴携妾回者，曰徐秀峰，余之表妹婿也，艳称新人之美，邀芸往观。芸他日谓秀峰曰：“美则美矣，韵犹未也。”秀峰曰：“然则若郎纳妾，必美而韵者？”芸曰：“然。”从此痴心物色，而短于资。

时有浙妓温冷香者，寓于吴，有《咏柳絮》四律，沸传吴下，好事者多和之。余友吴江张闲憨素赏冷香，携柳絮诗索和。芸微其人而置之。余技痒而和其韵，中有“触我春愁偏婉转，撩他离绪更缠绵”之句，芸甚击节[1]。

明年乙卯秋八月五日，吾母将挈芸游虎丘，闲憨忽至，曰：“余亦有虎丘之游，今日特邀君作探花使者[2]。”因请吾母先行，期于虎丘半塘相晤。拉余至冷香寓，见冷香已半老；有女名憨园，瓜期未破[3]，亭亭玉立，真“一泓秋水照人寒”者也。款接间，颇知文墨；有妹文园，尚雏。

余此时初无痴想，且念一杯之叙，非寒士所能酬，而既入个中，私心忐忑，强为酬答。

因私谓闲憨曰：“余贫士也，子以尤物玩我乎？”

闲憨笑曰：“非也。今日有友人邀憨园答我，席主为尊客拉去，我代客转邀客，毋烦他虑也。”余始释然。至半塘，两舟相遇，令憨园过舟叩见吾母。芸、憨相见，欢同旧识，携手登山，备览名胜。芸独爱“千顷云”高旷，坐赏良久。返至“野芳滨”，畅饮甚欢，并舟而泊。

及解维，芸谓余曰：“子陪张君，留憨陪妾可乎？”余诺之。返棹至都亭桥，始过船分袂。归家已三鼓。

芸曰：“今日得见美而韵者矣，顷已约憨园，明日过我，当为子图之。”

余骇曰：“此非金屋不能贮，穷措大[4]岂敢生此妄想哉？况我

① 击节：击物或拍掌来打拍，并以形容对他人诗文或艺术的称赞。

② 探花使者：此处指逛妓院。

③ 瓜期未破：古时十六岁为破瓜之年。瓜期未破指还未满十六岁。

④ 穷措大：穷书生。

两人伉俪正笃[1]，何必外求？”

芸笑曰：“我自爱之，子姑待之。”

明午憨果至。芸殷勤款接，筵中以猜枚[2]（赢吟输饮）为令，终席无一罗致语。及憨园归，芸曰：“顷又与密约，十八日来此结为姊妹，子宜备牲牢以待。”笑指臂上翡翠钏曰：“若见此钏属于憨，事必谐矣。顷已吐意，未深结其心也。”余姑听之。

十八日大雨，憨竟冒雨至。入室良久，始挽手出，见余有羞色，盖翡翠钏已在憨臂矣。焚香结盟后，拟再续前饮，适憨有石湖之游，即别去。

芸欣然告余曰：“丽人已得，君何以谢媒耶？”余询其详。

芸曰：“向之秘言，恐憨意另有所属也，顷探之无他，语之曰：‘妹知今日之意否？’憨曰：‘蒙夫人抬举，真蓬蒿倚玉树也，但吾母望我奢，恐难自主耳，愿彼此缓图之。’脱钏上臂时，又语之曰：‘玉取其坚，且有团圞不断之意，妹试笼之，以为先兆。’憨曰：‘聚合之权，总在夫人也。’即此观之，憨心已得，所难必者冷香耳，当再图之。”

余笑曰：“卿将效笠翁之《怜香伴》[3]耶？”

芸曰：“然。”

自此无日不谈憨园矣。后憨为有力者夺去，不果。芸竟以之死。

---

① 伉俪正笃：夫妻恩爱正深。

② 猜枚：饮酒助兴的游戏。

③ 《怜香伴》：清代戏剧家李渔所作的传奇，写的是两个女子十分要好，最后相约同事一夫的故事。

卷二　闲情记趣

余忆童稚时，能张目对日，明察秋毫。见藐小微物，必细察其纹理，故时有物外之趣①。夏蚊成雷，私拟作群鹤舞空。心之所向，则或千或百，果然鹤也。昂首观之，项为之强。又留蚊于素帐中，徐喷以烟，使其冲烟飞鸣，作青云白鹤观，果如鹤唳云端，怡然称快。于土墙凹凸处，花台小草丛杂处，常蹲其身，使与台齐，定神细视，以丛草为林，以虫蚁为兽，以土砾凸者为丘，凹者为壑，神游其中，怡然自得。

一日，见二虫斗草间，观之正浓，忽有庞然大物拔山倒树而来，盖一癞蛤蟆也，舌一吐而二虫尽为所吞。余年幼，方出神，不觉呀然惊恐，神定，捉蛤蟆，鞭数十，驱之别院。年长思之，二虫之斗，盖图奸不从也，古语云“奸近杀”，虫亦然耶？贪此生涯，卵为蚯蚓所哈（吴俗称阳曰卵），肿不能便，捉鸭开口哈之，婢妪偶释手，鸭颠其颈作吞噬状，惊而大哭，传为语柄。此皆幼时闲情也。

① 物外之趣：超越实物而想象的乐趣。

及长，爱花成癖，喜剪盆树。识张兰坡，始精剪枝养节之法，继悟接花叠石之法。花以兰为最，取其幽香韵致也，而瓣品之稍堪入谱者不可多得。兰坡临终时，赠余荷瓣素心春兰一盆，皆肩平心阔，茎细瓣净，可以入谱者。余珍如拱璧①。值余幕游于外，芸能亲为灌溉，花叶颇茂。不二年，一旦忽萎死。起根视之，皆白如玉，且兰芽勃然。初不可解，以为无福消受，浩叹而已。事后始悉有人欲分不允，故用滚汤灌杀也。从此誓不植兰。

次取杜鹃，虽无香而色可久玩，且易剪裁。以芸惜枝怜叶，不忍畅剪，故难成树。其他盆玩皆然。

惟每年篱东菊绽，秋兴成癖。喜摘插瓶，不爱盆玩。非盆玩不足观，以家无园圃，不能自植，货于市者，俱丛杂无致，故不取耳。其插花朵，数宜单，不宜双。每瓶取一种不取二色，瓶口取阔大不取窄小，阔大者舒展。不拘自五、七花至三、四十花，必于瓶口中一丛怒起，以不散漫、不挤轧、不靠瓶口为妙，所谓“起把宜紧”也。或亭亭玉立，或飞舞横斜。花取参差，间以花蕊，以免飞钹耍盘之病。叶取不乱；梗取不强。用针宜藏，针长宁断之，毋令针针露梗，所谓“瓶口宜清”也。视桌之大小，一桌三瓶至七瓶而止，多则眉目不分，即同市井之菊屏矣。几之高低，自三四寸至二尺五六寸而止，必须参差高下，互相照应，以气势联络为上。若中高两低，后高前低，成排对列，又犯俗所谓“锦灰堆”矣。或密或疏，或进或出，全在会心者得画意乃可。

若盆碗盘洗，用漂青、松香、榆皮、面和油，先熬以稻灰，收成胶。以铜片按钉向上，将膏火化，粘铜片于盘碗盆洗中。俟

① 拱璧：能用双手合抱的玉璧，后泛指稀世珍宝。

冷，将花用铁丝扎把，插于钉上，宜偏斜取势，不可居中。更宜枝疏叶清，不可拥挤。然后加水，用碗沙少许掩铜片，使观者疑丛花生于碗底方妙。

若以木本花果插瓶，剪裁之法（不能色色自觅，倩人攀折者每不合意），必先执在手中，横斜以观其势，反侧以取其态。相定之后，剪去杂枝，以疏瘦古怪为佳；再思其梗如何入瓶，或折或曲，插入瓶口，方免背叶侧花之患。若一枝到手，先拘定其梗之直者插瓶中，势必枝乱梗强，花侧叶背，既难取态，更无韵致矣。折梗打曲之法，锯其梗之半而嵌以砖石，则直者曲矣。如患梗倒，敲一二钉以管之。即枫叶竹枝，乱草荆棘，均堪入选。或绿竹一竿，配以枸杞数粒，几茎细草，伴以荆棘两枝，苟位置得宜，另有世外之趣①。

若新栽花木，不妨歪斜取势，听其盆侧，一年后枝叶自能向上，如树树直栽，即难取势矣。

至剪裁盆树，先取根露鸡爪者，左右剪成三节。然后起枝，一枝一节，七枝到顶，或九枝到顶。枝忌对节如肩臂，节忌臃肿如鹤膝。须盘旋出枝，不可光留左右，以避赤胸露背之病；又不可前后直出。有名“双起”、“三起”者，一根而起两三树也。如根无爪形，便成插树，故不取。

然一树剪成，至少得三四十年。余生平仅见吾乡万翁名彩章者，一生剪成数树。又在扬州商家见有虞山游客携送黄杨翠柏各一盆，惜乎明珠暗投，余未见其可②也。若留枝盘如宝塔，扎枝

① 世外之趣：超凡脱俗的情致。

② 可：赞赏，满意。

曲如蚯蚓者，便成匠气矣。

点缀盆中花石，小景可以入画，大景可以入神。一瓯清茗，神能趋入其中，方可供幽斋之玩。种水仙无灵壁石，余尝以炭之有石意者代之。黄芽菜心其白如玉，取大小五七枝，用沙土植长方盘内，以炭代石，黑白分明，颇有意思。以此类推，幽趣无穷，难以枚举。如石葛蒲结子，用冷米汤同嚼喷炭上，置阴湿地，能长细菖蒲，随意移养盆碗中，茸茸可爱。以老蓬子磨薄两头，入蛋壳使鸡翼之，俟雏成取出，用久年燕巢泥加天门冬十分之二，捣烂拌匀，植于小器中，灌以河水，晒以朝阳，花发大如酒杯，叶缩如碗口，亭亭可爱。

若夫园亭楼阁，套室回廊，叠石成山，栽花取势，又在大中见小，小中见大，虚中有实，实中有虚，或藏或露，或浅或深。不仅在“周、回、曲、折”四字，又不在地广石多，徒烦工费。或掘地堆土成山，间以块石，杂以花草，篱用梅编，墙以藤引，则无山而成山矣。大中见小者，散漫处植易长之竹，编易茂之梅以屏之。小中见大者，窄院之墙宜凹凸其形，饰以绿色，引以藤蔓；嵌大石，凿字作碑记形；推窗如临石壁，便觉峻峭无穷。虚中有实者，或山穷水尽处，一折而豁然开朗；或轩阁设厨处，一开而通别院。实中有虚者，开门于不通之院，映以竹石，如有实无也；设矮栏于墙头，如上有月台，而实虚也。

贫士屋少人多，当仿吾乡太平船后梢之位置，再加转移其间。台级为床，前后借凑，可作三榻，间以板而裱以纸，则前后上下皆越绝[①]，譬之如行长路，即不觉其窄矣。余夫妇乔寓扬州

① 越绝：打破原有界限，形成相对独立的空间。

时，曾仿此法。屋仅两椽，上下卧室、厨灶、客座皆越绝而绰然有余。芸曾笑曰："位置虽精，终非富贵家气象也。"是诚然欤！

余扫墓山中，检有峦纹可观之石，归与芸商曰："用油灰叠宣州石于白石盆，取色匀也。本山黄石虽古朴，亦用油灰，则黄白相阅，凿痕毕露，将奈何？"芸曰："择石之顽劣者，捣末于灰痕处，乘湿糁之，干或色同也。"

乃如其言，用宜兴窑长方盆叠起一峰：偏于左而凸于右，背作横方纹，如云林石法，巉岩凹凸，若临江石矶状；虚一角，用河泥种千瓣白萍；石上植茑萝，俗呼云松。经营数日乃成。至深秋，茑萝蔓延满山，如藤萝之悬石壁，花开正红色，白萍亦透水大放，红白相间，神游其中，如登蓬岛。置之檐下，与芸品题：此处宜设水阁，此处宜立茅亭，此处宜凿六字曰"落花流水之间"，此可以居，此可以钓，此可以眺。胸中丘壑，若将移居者然。一夕，猫奴争食，自檐而堕，连盆与架，顷刻碎之。余叹曰："即此小经营尚干造物忌耶！"两人不禁泪落。

静室焚香，闲中雅趣。芸尝以沉速等香，于饭镬蒸透，在炉上设一铜丝架，离火半寸许，徐徐烘之，其香幽韵而无烟。佛手忌醉鼻嗅，嗅则易烂；木瓜忌出汗，汗出，用水洗之；惟香橼无忌。佛手、木瓜亦有供法①，不能笔宣。每有人将供妥者随手取嗅，随手置之，即不知供法者也。

余闲居，案头瓶花不绝。芸曰："子之插花，能备风晴雨露，可谓精妙入神。而画中有草虫一法，盍仿而效之？"

余曰："虫踯躅不受制，焉能仿效？"

---

① 供法：摆设供玩的方法。

芸曰："有一法，恐作俑罪过耳。"

余曰："试言之。"

芸曰："虫死色不变。觅螳螂蝉蝶之属，以针刺死，用细丝扣虫项系花草间，整其足，或抱梗，或踏叶，宛然如生，不亦善乎？"

余喜，如其法行之，见者无不称绝。求之闺中，今恐未必有此会心者矣。

余与芸寄居锡山华氏，时华夫人以两女从芸识字。乡居院旷，夏日逼人，芸教其家作活花屏法，甚妙。每屏一扇，用木梢二枝，约长四五寸，作矮条凳式，虚其中，横四挡，宽一尺许，四角凿圆眼，插竹编方眼，屏约高六七尺，用砂盆种扁豆，置屏中，盘延屏上，两人可移动。多编数屏，随意遮拦，恍如绿阴满窗，透风蔽日。纡回曲折，随时可更，故曰"活花屏"。有此一法，即一切藤本香草随地可用。此真乡居之良法也。

友人鲁半舫，名璋，字春山，善写松柏及梅菊，工隶书，兼工铁笔①。余寄居其家之萧爽楼一年有半。楼共五椽，东向，余居其三。晦明风雨，可以远眺。庭中有木犀一株，清香撩人。有廊有厢，地极幽静。移居时，有一仆一妪，并挈其小女来。仆能成衣，妪能纺绩。于是芸绣，妪绩，仆则成衣，以供薪水。

余素爱客，小酌必行令。芸善不费之烹庖，瓜蔬鱼虾，一经芸手，便有意外味。同人知余贫，每出杖头钱②，作竟日叙。余

---

① 铁笔：刻印以刀为笔，故称铁笔。

② 杖头钱：买酒钱。出自《世说新语·任诞》："阮宣子（修）常步行，以百钱挂杖头，至酒店便独酣畅。"

又好洁，地无纤尘，且无拘束，不嫌放纵。

时有杨补凡名昌绪，善人物写真；袁少迂名沛，工山水；王星澜名岩，工花卉翎毛，爱萧爽楼幽雅，皆携画具来。余则从之学画，写草篆，镌图章，加以润笔，交芸备茶酒供客，终日品诗论画而已。更有夏淡安、揖山两昆季，并缪山音、知白两昆季，及蒋韵香、陆橘香、周啸霞、郭小愚、华杏帆、张闲酣诸君子，如梁上之燕，自去自来。芸则拔钗沽酒[①]，不动声色，良辰美景，不放轻过。今则天各一方，风流云散，兼之玉碎香埋，不堪回首矣！

萧爽楼有四忌：谈官宦升迁、公廨时事、八股时文、看牌掷色，有犯必罚酒五斤。有四取：慷慨豪爽、风流蕴藉、落拓不羁、澄静缄默。长夏无事，考对为会。每会八人，每人各携青蚨[②]二百。先拈阄，得第一者为主考，关防别座，第二者为誊录，亦就座，余作举子，各于誊录处取纸一条，盖用印章。主考出五七言各一句，刻香为限，行立构思，不准交头私语，对就后投入一匣，方许就座。各人交卷毕，誊录启匣，并录一册，转呈主考，以杜徇私。

十六对中取七言三联，五言三联。六联中取第一者即为后任主考，第二者为誊录。每人有两联不取者罚钱二十文，取一联者免罚十文，过限者倍罚。一场，主考得香钱百文。一日可十场，积钱千文，酒资大畅矣。惟芸议为官卷[③]，准坐而构思。

---

① 拔钗沽酒：卖掉金钗买酒，形容妻贤。

② 青蚨：指钱。《搜神记》载：以青蚨血涂钱购物，钱能飞回。

③ 官卷：受到特殊待遇的考生。

杨补凡为余夫妇写载花小影，神情确肖。是夜月色颇佳，兰影上粉墙，别有幽致，星澜醉后兴发曰："补凡能为君写真，我能为花图影。"

余笑曰："花影能如人影否？"

星澜取素纸铺于墙，即就兰影用墨浓淡图之。日间取视，虽不成画，而花叶萧疏，自有月下之趣。芸甚宝之，各有题咏。

苏城有南园、北园二处，菜花黄时，苦无酒家小饮。携盒而往，对花冷饮，殊无意味。或议就近觅饮者，或议看花归饮者，终不如对花热饮为快。众议未定。芸笑曰："明日但各出杖头钱，我自担炉火来。"众笑曰："诺。"众去，余问曰："卿果自往乎？"芸曰："非也。妾见市中卖馄饨者，其担锅灶无不备，盍雇之而往？妾先烹调端整，到彼处再一下锅，茶酒两便。"

余曰："酒菜固便矣，茶乏烹具。"

芸曰："携一砂罐去，以铁叉串罐柄，去其锅，悬于行灶中，加柴火煎茶，不亦便乎？"

余鼓掌称善。街头有鲍姓者，卖馄饨为业，以百钱雇其担，约以明日午后。鲍欣然允议。明日看花者至，余告以故，众咸叹服。饭后同往，并带席垫，至南园，择柳阴下团坐。先烹茗，饮毕，然后暖酒烹肴。是时风和日丽，遍地黄金，青衫红袖，越阡度陌，蝶蜂乱飞，令人不饮自醉。既而酒肴俱熟，坐地大嚼。担者颇不俗，拉与同饮。游人见之，莫不羡为奇想。杯盘狼藉，各已陶然，或坐或卧，或歌或啸。红日将颓，余思粥，担者即为买米煮之，果腹而归。

芸曰："今日之游乐乎？"

众曰："非夫人之力不及此。"大笑而散。

贫士起居服食，以及器皿房舍，宜省俭而雅洁。省俭之法曰"就事论事"。余爱小饮，不喜多菜。芸为置一梅花盒：用二寸白磁深碟六只，中置一只，外置五只，用灰漆就，其形如梅花。底盖均起凹楞，盖之上有柄如花蒂。置之案头，如一朵墨梅覆桌；启盖视之，如菜装于花瓣中。一盒六色，二三知己，可以随意取食，食完再添。另做矮边圆盘一只，以便放杯、箸、酒壶之类，随处可摆，移掇亦便。即食物省俭之一端也。

余之小帽领袜，皆芸自做。衣之破者移东补西，必整必洁，色取暗淡，以免垢迹，既可出客，又可家常。此又服饰省俭之一端也。初至萧爽楼中，嫌其暗，以白纸糊壁，遂亮。夏月楼下去窗，无阑干，觉空洞无遮拦。芸曰："有旧竹帘在，何不以帘代栏？"

余曰："如何？"

芸曰："用竹数根，黝黑色，一竖一横，留出走路，截半帘，搭在横竹上，垂至地，高与桌齐。中竖短竹四根，用麻线扎定，然后于横竹搭帘处，寻旧黑布条，连横竹裹缝之。既可遮拦饰观，又不费钱。"此"就事论事"之一法也。以此推之，古人所谓"竹头木屑皆有用"，良有以也。

夏月荷花初开时，晚含而晓放。芸用小纱囊撮茶叶少许，置花心。明早取出，烹天泉水泡之，香韵尤绝。

卷三　坎坷记愁

人生坎坷何为乎来哉？往往皆自作孽耳。余则非也！多情重诺，爽直不羁，转因之为累。况吾父稼夫公，慷慨豪侠，急人之难，成人之事，嫁人之女，抚人之儿，指不胜屈，挥金如土，多为他人。余夫妇居家，偶有需用，不免典质，始则移东补西，继则左支右绌①。谚云："处家人情，非钱不行。"先起小人之议，渐招同室之讥。"女子无才便是德"，真千古至言也！

余虽居长而行三，故上下呼芸为"三娘"，后忽呼为"三太太"，始而戏呼，继成习惯，甚至尊卑长幼，皆以"三太太"呼之。此家庭之变机欤？

乾隆乙巳，随侍吾父于海宁官舍。芸于吾家书中附寄小函。吾父曰："媳妇既能笔墨，汝母家信付彼司之。"后家庭偶有闲言，吾母疑其述事不当，仍不令代笔。吾父见信非芸手笔，询余曰："汝妇病耶？"余即作札问之，亦不答。久之，吾父怒曰：

① 左支右绌：左边支出右边短缺。

"想汝妇不屑代笔耳!"迨余归,探知委曲①,欲为婉剖。芸急止之曰:"宁受责于翁,勿失欢于姑也。"竟不自白。

庚戌之春,予又随侍吾父于邗江幕中。有同事俞孚亭者,挈眷居焉。吾父谓孚亭曰:"一生辛苦,常在客中,欲觅一起居服役之人而不可得。儿辈果能仰体亲意,当于家乡觅一人来,庶语音相合。"

孚亭转述于余,密札致芸,倩媒物色,得姚氏女。芸以成否未定,未即禀知吾母。其来也,托言邻女为嬉游者。及吾父命余接取至署,芸又听旁人意见,托言吾父素所合意者。吾母见之曰:"此邻女之嬉游者也,何娶之乎?"芸遂并失爱于姑矣。

壬子春,余馆真州。吾父病于邗江,余往省,亦病焉。余弟启堂时亦随伺。芸来书曰:"启堂弟曾向邻妇借贷,倩芸作保,现追索甚急。"余询启堂。启堂转以嫂氏为多事。余遂批纸尾曰:"父子皆病,无钱可偿,俟启弟归时,自行打算可也。"

未几,病皆愈,余仍往真州。芸复书来,吾父拆视之,中述启弟邻项事,且云:"令堂以老人之病,皆由姚姬而起。翁病稍痊,宜密嘱姚托言思家,妾当令其家父母到扬接取,实彼此卸责之计也。"吾父见书怒甚。询启堂以邻项事,答言不知,遂札饬余曰:"汝妇背夫借债,谗谤小叔,且称姑曰'令堂',翁曰'老人',悖谬之甚!我已专人持札回苏斥逐。汝若稍有人心,亦当知过!"余接此札,如闻青天霹雳,即肃书认罪,觅骑遄归,恐芸之短见也。到家述其本末,而家人乃持逐书至,历斥多过,言

① 委曲:事情的底细和原委。

甚决绝。芸泣曰：“妾固不合妄言，但阿翁当恕妇女无知耳。”越数日，吾父又有手谕至，曰：“我不为已甚。汝携妇别居，勿使我见，免我生气足矣。”

乃寄芸于外家，而芸以母亡弟出，不愿往依族中。幸友人鲁半舫闻而怜之，招余夫妇往居其家萧爽楼。越两载，吾父渐知始末。适余自岭南归，吾父自至萧爽楼，谓芸曰：“前事我已尽知，汝盍归乎？”余夫妇欣然，仍归故宅，骨肉重圆。岂料又有憨园之孽障耶！

芸素有血疾[①]，以其弟克昌出亡不返，母金氏复念子病没，悲伤过甚所致，自识憨园，年余未发，余方幸其得良药。而憨为有力者夺去，以千金作聘，且许养其母，佳人已属沙叱利[②]矣！

余知之而未敢言也。及芸往探，始知之，归而呜咽，谓余曰：“初不料憨之薄情乃尔也！”余曰：“卿自情痴耳。此中人何情之有哉？况锦衣玉食者，未必能安于荆钗布裙也。与其后悔，莫若无成。”因抚慰之再三。而芸终以受愚为恨，血疾大发，床席支离，刀圭无效[③]，时发时止，骨瘦形销。不数年而逋负[④]日增，物议日起。老亲又以盟妓一端，憎恶日甚。余则调停中立，已非生人[⑤]之境矣。

芸生一女，名青君，时年十四，颇知书，且极贤能，质钗典

---

① 血疾：血崩，一种妇科疾病。

② 沙叱利：唐传奇《柳氏传》中夺走柳氏的番将，在此指夺走憨园者。

③ 刀圭无效：医治无效。刀圭，古时量取药末的用具，后代称医术。

④ 逋负：欠债。

⑤ 生人：活人。出自《庄子·至乐》：“视子之言，皆生人之累也，死则无此矣。”

服，幸赖辛劳。子名逢森，时年十二，从师读书。

余连年无馆，设一书画铺于家门之内。三日所进，不敷一日所出，焦劳困苦，竭蹶时形。隆冬无裘，挺身而过。青君亦衣中股栗，犹强曰“不寒”。因是，芸誓不医药。

偶能起床，适余有友人周春煦自福郡王幕中归，倩人绣《心经》[①] 一部。芸念绣经可以消灾降福，且利其绣价之丰，竟绣焉。而春煦行色匆匆，不能久待，十日告成。弱者骤劳，致增腰酸头晕之疾。岂知命薄者，佛亦不能发慈悲也！绣经之后，芸病转增，唤水索汤，上下厌之。

有西人[②]赁屋于余画铺之左，放利债为业，时倩余作画，因识之。友人某向渠借五十金，乞余作保，余以情有难却，允焉。而某竟挟资远遁。西人惟保是问，时来饶舌，初以笔墨为抵，渐至无物可偿。岁底，吾父家居，西人索债，咆哮于门。吾父闻之，召余呵责曰：“我辈衣冠之家，何得负此小人之债！”正剖诉间，适芸有自幼同盟姊适锡山华氏，知其病，遣人问讯。堂上误以为憨园之使，因愈怒曰：“汝妇不守闺训，结盟娼妓；汝亦不思习上，滥伍小人。若置汝死地，情有不忍。姑宽三日限，速自为计，迟必首汝逆[③]矣！”

芸闻而泣曰：“亲怒如此，皆我罪孽。妾死君行，君必不忍；妾留君去，君必不舍。姑密唤华家人来，我强起问之。”

因令青君扶至房外，呼华使问曰：“汝主母特遣来耶？抑便

---

① 《心经》：指佛教《般若波罗蜜多心经》。

② 西人：山西或陕西人。

③ 首汝逆：告你不孝之罪。

道来耶？”曰：“主母久闻夫人卧病，本欲亲来探望，因从未登门，不敢造次，临行嘱咐，倘夫人不嫌乡居简亵，不妨到乡调养，践幼时灯下之言。”盖芸与同绣日，曾有疾病相扶之誓也。

因嘱之曰：“烦汝速归，禀知主母，于两日后放舟密来。”

其人既退，谓余曰：“华家盟姊情逾骨肉，君若肯至其家，不妨同行，但儿女携之同往既不便，留之累亲又不可，必于两日内安顿之。”

时余有表兄王荩臣，一子名韫石，愿得青君为媳妇。芸曰：“闻王郎懦弱无能，不过守成之子，而王又无成可守。幸诗礼之家，且又独子，许之可也。”余谓荩臣曰：“吾父与君有渭阳[1]之谊，欲媳青君，谅无不允。但待长而嫁，势所不能。余夫妇往锡山后，君即禀知堂上，先为童媳，何如？”荩臣喜曰：“谨如命。”逢森亦托友人夏揖山转荐学贸易。

安顿已定，华舟适至，时庚申之腊廿五日也。芸曰：“孑然出门，不惟招邻里笑，且西人之项无着，恐亦不放，必于明日五鼓悄然而去。”

余曰：“卿病中能冒晓寒耶？”

芸曰：“死生有命，无多虑也。”

密禀吾父，亦以为然。是夜，先将半肩行李挑下船，令逢森先卧。青君泣于母，芸嘱曰：“汝母命苦，兼亦情痴，故遭此颠沛，幸汝父待我厚，此去可无他虑。两三年内，必当布置重圆。汝至汝家，须尽妇道，勿似汝母。汝之翁姑以得汝为幸，必善视汝。所留箱笼什物，尽付汝带去。汝弟年幼，故未令知。临行时

---

① 渭阳：甥舅关系。出自《诗·秦风·渭阳》：“我送舅氏，曰至渭阳。”

托言就医，数日即归。俟我去远，告知其故，禀闻祖父可也。”

旁有旧妪，即前卷中曾赁其家消暑者，愿送至乡，故是时陪伺在侧，拭泪不已。将交五鼓，暖粥共啜之。芸强颜笑曰：“昔一粥而聚，今一粥而散，若作传奇，可名《吃粥记》矣。”逢森闻声亦起，呻曰：“母何为？”芸曰：“将出门就医耳。”逢森曰：“起何早？”曰：“路远耳。汝与姊相安在家，毋讨祖母嫌。我与汝父同往，数日即归。”鸡声三唱，芸含泪扶妪，启后门将出，逢森忽大哭，曰：“噫，我母不归矣！”青君恐惊人，急掩其口而慰之。当是时，余两人寸肠已断，不能复作一语，但止以“勿哭”而已。青君闭门后，芸出巷十数步，已疲不能行，使妪提灯，余背负之而行。将至舟次[1]，几为逻者所执，幸老妪认芸为病女，余为婿，且得舟子（皆华氏工人）闻声接应，相扶下船。解维后，芸始放声痛哭。是行也，其母子已成永诀矣！

华名大成，居无锡之东高山，面山而居，躬耕为业，人极朴诚。其妻夏氏，即芸之盟姊也。是日午未之交，始抵其家。华夫人已倚门而侍，率两小女至舟，相见甚欢。扶芸登岸，款待殷勤。四邻妇人孺子哄然入室，将芸环视，有相问讯者，有相怜惜者，交头接耳，满室啾啾。芸谓华夫人曰：“今日真如渔父入桃源矣。”华曰：“妹莫笑，乡人少所见多所怪耳。”自此相安度岁。

至元宵，仅隔两旬，而芸渐能起步。是夜，观龙灯于打麦场中，神情态度，渐可复元。余乃心安，与之私议曰：“我居此非计。欲他适，而短于资，奈何？”芸曰：“妾亦筹之矣。君姊丈范惠来现于靖江盐公堂司会计，十年前曾借君十金，适数不敷，妾

---

① 舟次：船停泊的地方。

典钗凑之。君忆之耶？”余曰：“忘之矣。”芸曰：“闻靖江去此不远，君盍一往？”余如其言。

时天颇暖，织绒袍哔叽短褂，犹觉其热。此辛酉正月十六日也。是夜，宿锡山客旅，赁被而卧。晨起，乘江阴航船，一路逆风，继以微雨。夜至江阴江口，春寒彻骨，沽酒御寒，囊为之罄①。踌躇终夜，拟卸衬衣，质钱而渡。

十九日，北风更烈，雪势犹浓，不禁惨然泪落。暗计房资渡费，不敢再饮。正心寒股栗间，忽见一老翁草鞋毡笠，负黄包，入店，以目视余，似相识者。余曰：“翁非泰州曹姓耶？”答曰：“然。我非公，死填沟壑矣！今小女无恙，时诵公德。不意今日相逢，何逗留于此？”盖余幕泰州时，有曹姓，本微贱，一女有姿色，已许婿家，有势力者放债谋其女，致涉讼。余从中调护，仍归所许。曹即投入公门为隶，叩首作谢，故识之。余告以投亲遇雪之由。曹曰：“明日天晴，我当顺途相送。”出钱沽酒，备极款洽②。

二十日，晓钟初动，即闻江口唤渡声。余惊起，呼曹同济。曹曰：“勿急，宜饱食登舟。”乃代偿房饭钱，拉余出沽。余以连日逗留，急欲赶渡，食不下咽，强啖麻饼两枚。及登舟，江风如箭，四肢发战。曹曰：“闻江阴有人缢于靖，其妻雇是舟而往，必俟雇者来始渡耳。”

枵腹忍寒，午始解缆。至靖，暮烟四合矣。曹曰：“靖有公堂两处，所访者城内耶？城外耶？”余踉跄随其后，且行且对曰：

---

① 囊为之罄：钱袋空空。

② 款洽：亲切、融洽。

"实不知其内外也。"曹曰："然则且止宿，明日往访耳。"进旅店，鞋袜已为泥淤湿透，索火烘之，草草饮食，疲极酣睡。晨起，袜烧其半，曹又代偿房饭钱。

访至城中，惠来尚未起，闻余至，披衣出，见余状，惊曰："舅何狼狈至此？"余曰："姑勿问。有银乞借二金，先遣送我者。"惠来以番饼[①]二圆授余，即以赠曹。曹力却，受一圆而去。余乃历述所遭，并言来意。惠来曰："郎舅至戚，即无宿逋[②]，亦应竭尽绵力，无如航海盐船新被盗，正当盘帐之时，不能挪移丰赠，当勉措番银二十圆，以偿旧欠，何如？"余本无奢望，遂诺之。留住两日，天已晴暖，即作归计。

廿五日，仍回华宅。芸曰："君遇雪乎？"余告以所苦。因惨然曰："雪时，妾以君为抵靖，乃尚逗留江口。幸遇曹老，绝处逢生，亦可谓吉人天相矣。"

越数日，得青君信，知逢森已为揖山荐引入店。荩臣请命于吾父，择正月二十四日将伊接去。儿女之事，粗能了了，但分离至此，令人终觉惨伤耳。

二月初，日暖风和，以靖江之项，薄备行装，访故人胡肯堂于邗江盐署。有贡局众司事公延入局[③]，代司笔墨，身心稍定。至明年壬戌八月，接芸书曰："病体全瘳。惟寄食于非亲非友之家，终觉非久长之策了，愿亦来邗，一睹平山之胜。"余乃赁屋于邗江先春门外，临河两椽。自至华氏，接芸同行。华夫人赠一

---

① 番饼：番银。指外国商人来内地做生意使用的银元。

② 宿逋：旧债。

③ 公延入局：此言由公家延请入贡局司笔墨之事。

小奚奴曰阿双，帮司炊爨[①]，并订他年结邻之约。时已十月，平山凄冷，期以春游。

满望散心调摄，徐图骨肉重圆。不满月，而贡局司事忽裁十有五人，余系友中之友，遂亦散闲。芸始犹百计代余筹划，强颜慰藉，未尝稍涉怨尤。至癸亥仲春，血疾大发。余欲再至靖江，作“将伯”[②] 之呼，芸曰：“求亲不如求友。”余曰：“此言虽是，亲友虽关切，现皆闲处，自顾不遑。”芸曰：“幸天时已暖，前途可无阻雪之虑。愿君速去速回，勿以病人为念。君或体有不安，妾罪更重矣。”

时已薪水不继，余佯为雇骡以安其心，实则囊饼徒步，且食且行。向东南，两渡叉河，约八九十里，四望无村落。至更许，但见黄沙漠漠，明星闪闪，得一土地祠，高约五尺许，环以短墙，植以双柏。因向神叩首，祝曰：“苏州沈某投亲失路至此，欲假神祠一宿，幸神怜佑。”于是移小石香炉于旁，以身探之，仅容半体，以风帽反戴掩面，坐半身于中，出膝于外，闭目静听，微风萧萧而已。足疲神倦，昏然睡去。

及醒，东方已白，短墙外忽有步语声，急出探视，盖土人赶集经此也。问以途，曰：“南行十里即泰兴县城，穿城向东南，十里一土墩，过八墩即靖江，皆康庄也。”余乃反身，移炉于原位，叩首作谢而行。过泰兴，即有小车可附。

① 炊爨：烧火做饭。

② 将伯：求助。出自《诗经·小雅·正月》：“将伯助予。”

申刻抵靖。投刺[1]焉。良久，司阍者[2]曰："范爷因公往常州去矣。"察其辞色，似有推托，余诘之曰："何日可归？"曰："不知也。"余曰："虽一年亦将待之。"阍者会余意，私问曰："公与范爷嫡郎舅耶？"余曰："苟非嫡者，不待其归矣。"阍者曰："公姑待之。"越三日，乃以回靖告，共挪二十五金。雇骡急返。

芸正形容惨变，咻咻涕泣。见余归，卒然曰："君知昨午阿双卷逃乎？倩人大索，今犹不得。失物小事，人系伊母临行再三交托，今若逃归，中有大江之阻，已觉堪虞，倘其父母匿子图诈，将奈之何？且有何颜见我盟姊？"余曰："请勿急，卿虑过深矣。匿子图诈，诈其富有也，我夫妇两肩担一口耳。况携来半载，授衣分食，从未稍加扑责，邻里咸知。此实小奴丧良，乘危窃逃。华家盟姊赠以匪人[3]，彼无颜见卿，卿何反谓无颜见彼耶？今当一面呈县立案，以杜后患可也。"芸闻余言，意似稍释；然自此梦中呓语，或呼"阿双逃矣"，或呼"憨何负我"，病势日以增矣。

余欲延医诊治，芸阻曰："妾病始因弟亡母丧，悲痛过甚，继为情感，后由忿激。而平素又多过虑，满望努力做一好媳妇，而不能得，以至头眩、怔忡诸症毕备，所谓病入膏肓，良医束手，请勿为无益之费。忆妾唱随二十三年，蒙君错爱，百凡体恤，不以顽劣见弃。知己如君，得婿如此，妾已此生无憾！若布衣暖，菜饭饱，一室雍雍，优游泉石，如沧浪亭、萧爽楼之处

① 投刺：递上名帖。

② 司阍者：守门人。

③ 匪人：行为不正当的人。

境，真成烟火神仙矣。神仙几世才能修到，我辈何人，敢望神仙耶？强而求之，致干造物之忌①，即有情魔之扰。总因君太多情，妾生薄命耳！”因又呜咽而言曰：“人生百年，终归一死。今中道相离，忽焉长别，不能终奉箕帚②，目睹逢森娶妇，此心实觉耿耿。”言已，泪落如豆。余勉强慰之曰：“卿病八年，恹恹欲绝者屡矣，今何忽作断肠语耶？”芸曰：“连日梦我父母放舟来接，闭目即飘然上下，如行云雾中，殆魂离而躯壳存乎？”余曰：“此神不收舍，服以补剂，静心调养，自能安痊。”芸又唏嘘曰：“妾若稍有生机一线，断不敢惊君听闻。今冥路已近，苟再不言，言无日矣。君之不得亲心，流离颠沛，皆由妾故。妾死则亲心自可挽回，君亦可免牵挂。堂上春秋高矣，妾死，君宜早归。如无力携妾骸骨归，不妨暂厝③于此，待君将来可耳。愿君另续德容兼备者，以奉双亲，抚我遗子，妾亦瞑目矣。”言至此，痛肠欲裂，不觉惨然大恸。余曰：“卿果中道相舍，断无再续之理，况‘曾经沧海难为水，除却巫山不是云’耳。”

芸乃执余手而更欲有言，仅断续叠言“来世”二字。忽发喘，口噤，两目瞪视，千呼万唤，已不能言。痛泪两行，涔涔流溢。既而喘渐微，泪渐干，一灵缥缈，竟尔长逝。时嘉庆癸亥三月三十日也。当是时，孤灯一盏，举目无亲，两手空拳，寸心欲碎。绵绵此恨，曷其有极！

承吾友胡省堂以十金为助，余尽室中所有，变卖一空，亲为

① 干造物之忌：冒犯了造物主的忌讳。

② 奉箕帚：指妇女料理家事，服侍丈夫。

③ 厝：停柩待葬或浅埋以待改葬。

成殓。

呜呼！芸一女流，具男子之襟怀才识。归吾门后，余日奔走衣食，中馈缺乏，芸能纤悉不介意。及余家居，惟以文字相辩析而已。卒之疾病颠连，赍恨以殁，谁致之耶？余有负闺中良友，又何可胜道哉！奉劝世间夫妇，固不可彼此相仇，亦不可过于情笃。语云："恩爱夫妻不到头。"如余者，可作前车之鉴也。

回煞①之期，俗传是日魂必随煞而归，故房中铺设一如生前，且须铺生前旧衣于床上，置旧鞋于床下，以待魂归瞻顾。吴下相传谓之"收眼光"。延羽士②作法，先召于床而后遣之，谓之"接眚"③。邗江俗例，设酒肴于死者之室。一家尽出，谓之"避眚"。以故有因避被窃者。

芸娘眚期，房东因同居而出避，邻家嘱余亦设肴远避。余冀魄归一见，姑漫应之。同乡张禹门谏余曰："因邪入邪，宜信其有，勿尝试也。"余曰："所以不避而待之者，正信其有也。"张曰："回煞犯煞④不利生人，夫人即或魂归，业已阴阳有间，窃恐欲见者无形可接，应避者反犯其锋耳。"时余痴心不昧，强对曰："死生有命。君果关切，伴我何如？"张曰："我当于门外守之，君有异见，一呼即入可也。"

余乃张灯入室，见铺设宛然，而音容已杳，不禁心伤泪涌。又恐泪眼模糊，失所欲见，忍泪睁目，坐床而待。抚其所遗旧

---

① 回煞：古时阴阳家迷信之说，谓人死后魂魄会回到生前的住所，返舍之日有凶煞出现，谓之回煞。

② 羽士：道士。

③ 接眚：又叫接煞。丧家请术士招死者之魂还家。

④ 犯煞：冲撞了煞神。

服，香泽犹存，不觉柔肠寸断，冥然昏去。转念待魂而来，何遽睡耶？开目四视，见席上双烛，青焰荧荧，光缩如豆，毛骨悚然，通体寒栗。因摩两手擦额，细瞩之，双焰渐起，高至尺许，纸裱顶格，几被所焚。余正得借光四顾间，光忽又缩如前。此时心舂股栗，欲呼守者进观，而转念柔魂弱魄，恐为盛阳所逼，悄呼芸名而视之，满室寂然，一无所见。既而烛焰复明，不复腾起矣。出告禹门，服余胆壮，不知余实一时情痴耳。

芸没后，忆和靖“妻梅子鹤”语，自号梅逸。权葬芸于扬州西门外之金桂山，俗呼郝家宝塔。买一棺之地，从遗言寄于此。携木主①还乡，吾母亦为悲悼。

青君、逢森归来，痛哭成服②。启堂进言曰：“严君怒犹未息，兄宜仍往扬州。俟严君归里，婉言劝解，再当专札相招。”

余遂拜母别子女，痛哭一场，复至扬州，卖画度日。因得常哭于芸娘之墓，影单形只，备极凄凉。且偶经故居，伤心惨目。重阳日，邻冢皆黄，芸墓独青。守坟者曰：“此好穴场，故地气旺也。”余暗祝曰：“秋风已紧，身尚衣单。卿若有灵，佑我图得一馆，度此残年，以待家乡信息。”

未几，江都幕客章驭庵先生欲回浙江葬亲，倩余代庖三月，得备御寒之具。封篆出署，张禹门招寓其家。张亦失馆，度岁艰难，商于余，即以余资二十金倾囊借之，且告曰：“此本留为亡荆扶柩之费，一俟得有乡音，偿我可也。”

是年，即寓张度岁。晨占夕卜，乡音殊杳。至甲子三月，接

---

① 木主：死者的灵牌。

② 成服：旧时丧礼，大殓之后，亲属按照与死者关系的亲疏穿上不同的丧服。

青君信，知吾父有病，即欲归苏，又恐触旧忿。正趑趄观望间，复接青君信。始痛悉吾父业已辞世，刺骨痛心，呼天莫及。无暇他计，即星夜驰归。触首灵前，哀号流血。呜呼！吾父一生辛苦，奔走于外，生余不肖，既少承欢膝下，又未侍药床前，不孝之罪，何可逭[①]哉！吾母见余哭，曰："汝何此日始归耶？"余曰："儿之归，幸得青君孙女信也。"吾母目余弟妇，遂默然。

余入幕守灵，至七终[②]，无一人以家事告，以丧事商者。余自问人子之道已缺，故亦无颜询问。

一日，忽有向余索逋者，登门饶舌。余出应曰："欠债不还，固应催索。然吾父骨肉未寒，乘凶追呼，未免太甚。"中有一人私谓余曰："我等皆有人招之使来。公且避出，当向招我者索偿也。"余曰："我欠我偿，公等速退！"皆唯唯而去。

余因呼启堂谕之曰："兄虽不肖，并未作恶不端。若言出嗣降服[③]，从未得过纤毫嗣产。此次奔丧归来，本人子之道，岂为产争故耶？大丈夫贵乎自立，我既一身归，仍以一身去耳！"言已，返身入幕，不觉大恸。

叩辞吾母，走告青君，行将出走深山，求赤松子[④]于世外矣。青君正劝阻间，友人夏南熏字淡安、夏逢泰字揖山两昆季寻踪而至，抗声谏余曰："家庭若此，固堪动忿，但足下父死而母尚存，妻丧而子未立，乃竟飘然出世，于心安乎。"

余曰："然则如之何？"

---

① 逭：逃避。

② 七终：守丧七七四十九天。

③ 出嗣降服：过继之后，他与亲生父亲的关系已经降级。

④ 赤松子：传说中的仙人，见刘向的《列仙传》。

淡安曰："奉屈暂居寒舍。闻石琢堂殿撰有告假回籍之信，盍俟其归而往谒之？其必有以位置君也。"

余曰："凶丧未满百日，兄等有老亲在堂，恐多未便。"

揖山曰："愚兄弟之相邀，亦家君意也。足下如执以为不便，西邻有禅寺，方丈僧与余交最善。足下设榻于寺中，何如？"余诺之。

青君曰："祖父所遗房产，不下三四千金，既已分毫不取，岂自己行囊亦舍去耶？我往取之，径送禅寺父亲处可也。"因是于行囊之外，转得吾父所遗图书、砚台、笔筒数件。

寺僧安置予于大悲阁。阁南向，向东设神像。隔西首一间，设月窗，紧对佛龛，本为作佛事者斋食之地。余即设榻其中。临门有关圣提刀立像，极威武。院中有银杏一株，大三抱，荫覆满阁，夜静风声如吼。揖山常携酒果来对酌，曰："足下一人独处，夜深不寐，得无畏怖耶？"余曰："仆一生坦直，胸无秽念，何怖之有？"居未几，大雨倾盆，连宵达旦，三十余天。时虑银杏折枝，压梁倾屋。赖神默佑，竟得无恙。而外之墙坍屋倒者不可胜计，近处田禾俱被漂没。余则日与僧人作画，不见不闻。

七月初，天始霁，揖山尊人①号莼芗有交易赴崇明，偕余往，代笔书券得二十金。归，值吾父将安葬，启堂命逢森向余曰："叔因葬事乏用，欲助一二十金。"余拟倾囊与之。揖山不允，分帮其半。余即携青君先至墓所。葬既毕，仍返大悲阁。

九月杪②，揖山有田在东海永寨沙，又偕余往收其息。盘桓

---

① 尊人：对父母的敬称。在此指父亲。

② 杪：月末。

两月，归已残冬，移寓其家雪鸿草堂度岁。真异姓骨肉也。

乙丑七月，琢堂始自都门回籍。琢堂名韫玉，字执如，琢堂其号也，与余为总角交①。乾隆庚戌殿元，出为四川重庆守。白莲教之乱，三年戎马，极著劳绩。及归，相见甚欢。

旋于重九日，挈眷重赴四川重庆之任，邀余同往。余即叩别吾母于九妹倩陆尚吾家，盖先君故居已属他人矣。吾母嘱曰："汝弟不足恃，汝行须努力。重振家声，全望汝也！"逢森送余至半途，忽泪落不已，因嘱勿送而返。

舟出京口，琢堂有旧交王惕夫孝廉在淮扬盐署，绕道往晤，余与偕往，又得一顾芸娘之墓。移舟由长江溯流而上，一路游览名胜，至湖北之荆州，得升潼关观察之信，遂留余与其嗣君②敦夫眷属等，暂寓荆州，琢堂轻骑减从至重庆度岁，遂由成都历栈道之任。丙寅二月，川眷始由水路往，至樊城登陆。途长费短，车重人多，毙马折轮，备尝辛苦。

抵潼关甫三月，琢堂又升山左廉访，清风两袖。眷属不能偕行，暂借潼川书院作寓。十月杪，始支山左廉俸，专人接眷。附有青君之书，骇悉逢森于四月间夭亡。始忆前之送余堕泪者，盖父子永诀也。呜呼！芸仅一子，不得延其嗣续耶！琢堂闻之，亦为之浩叹，赠余一妾，重入春梦③。从此扰扰攘攘，又不知梦醒何时耳。

---

① 总角交：儿童时代的朋友。

② 嗣君：朋友的儿子。

③ 春梦：春日之梦，也常比喻世事无常，繁华易逝。

卷四　浪游记快

余游幕三十年来，天下所未到者，蜀中、黔中与滇南耳。惜乎轮蹄征逐，处处随人，山水怡情，云烟过眼，不道领略其大概，不能探僻寻幽也。余凡事喜独出己见，不屑随人是非，即论诗品画，莫不存人珍我弃、人弃我取之意，故名胜所在，贵乎心得，有名胜而不觉其佳者，有非名胜而自以为妙者，聊以平生所历者记之。

余年十五时，吾父稼夫公馆于山阴赵明府幕中。有赵省斋先生名传者，杭之宿儒①也，赵明府延教其子，吾父命余亦拜投门下。暇日出游，得至吼山，离城约十余里。不通陆路。近山见一石洞，上有片石，横裂欲堕，即从其下荡舟入。豁然空其中，四面皆峭壁，俗名之曰“水园”。临流建石阁五椽，对面石壁有“观鱼跃”三字，水深不测，相传有巨鳞潜伏。余投饵试之，仅见不盈尺者出而唼食焉。阁后有道通旱园，拳石乱矗，有横阔如掌者，有柱石平其顶而上加大石者，凿痕犹在，一无可取。游览

① 宿儒：素有声望的学者。

既毕，宴于水阁，命从者放爆竹，轰然一响，万山齐应，如闻霹雳声。此幼时快游之始。惜乎兰亭、禹陵未能一到，至今以为憾。

至山阴之明年，先生以亲老不远游，设帐于家[①]，余遂从至杭，西湖之胜因得畅游。结构之妙，余以龙井为最，小有天园次之。石取天竺之飞来峰，城隍山之瑞石古洞。水取玉泉，以水清多鱼，有活泼趣也。大约至不堪者，葛岭之玛瑙寺。其余湖心亭、六一泉诸景，各有妙处，不能尽述，然皆不脱脂粉气[②]，反不如小静室之幽僻，雅近天然。

苏小[③]墓在西泠桥侧。土人指示，初仅半丘黄土而已。乾隆庚子，圣驾南巡，曾一询及。甲辰春，复举南巡盛典，则苏小墓已石筑其坟，作八角形，上立一碑，大书曰："钱塘苏小小之墓"。从此吊古骚人，不须徘徊探访矣。余思古来烈魄忠魂堙没不传者，固不可胜数，即传而不久者亦不为少，小小一名妓耳，自南齐至今，尽人而知之，此殆灵气所钟，为湖山点缀耶？

桥北数武有崇文书院[④]，余曾与同学赵缉之投考其中。时值长夏，起极早，出钱塘门，过昭庆寺，上断桥，坐石阑上。旭日将升，朝霞映于柳外，尽态极妍；白莲香里，清风徐来，令人心骨皆清。步至书院，题犹未出也。午后交卷。偕缉之纳凉于紫云洞，大可容数十人，石窍上透日光。有人设短几矮凳，卖酒于此。解衣小酌，尝鹿脯甚妙，佐以鲜菱雪藕，微酣，出洞。

---

① 设帐于家：在家里办学。

② 脂粉气：此处是指人工雕琢的痕迹。

③ 苏小：即苏小小。南齐钱塘的著名歌妓。

④ 书院：书院之名始于唐，为藏书与讲学之所，一般选山林名胜之地为院址。

缉之曰："上有朝阳台，颇高旷，盍往一游？"余亦兴发，奋勇登其巅，觉西湖如镜，杭城如丸，钱塘江如带，极目可数百里，此生平第一大观也。坐良久，阳乌将落，相携下山，南屏晚钟动矣。韬光、云栖，路远未到。其红门局之梅花，姑姑庙之铁树，不过尔尔。紫阳洞予以为必可观，而访寻得之，洞口仅容一指，涓涓流水而已。相传中有洞天，恨不能抉门而入。

清明日，先生春祭扫墓，挈余同游。墓在东岳，是乡多竹，坟丁掘未出土之毛笋，形如梨而尖，作羹供客。余甘之，尽其两碗。先生曰："噫！是虽味美而克心血，宜多食肉以解之。"余素不贪屠门之嚼，至是饭量且因笋而减。归途觉烦躁，唇舌几裂。过石屋洞，不甚可观。水乐洞峭壁多藤萝，入洞如斗室，有泉流甚急，其声琅琅。池广仅三尺，深五寸许，不溢亦不竭。余俯流就饮，烦躁顿解。洞外二小亭，坐其中可听泉声。衲子请观万年缸。缸在香积厨，形甚巨，以竹引泉灌其内，听其满溢，年久结苔，厚尺许，冬日不冰，故不损也。

辛丑秋八月，吾父病疟返里。寒索火，热索冰，余谏不听，竟转伤寒，病势日重。余侍奉汤药，昼夜不交睫者几一月。吾妇芸娘亦大病，恹恹在床。心境恶劣，莫可名状。吾父呼余嘱之曰："我病恐不起，汝守数本书，终非糊口计。我托汝于盟弟蒋思斋，仍继吾业可耳。"越日，思斋来，即于榻前命拜为师。未几，得名医徐观莲先生诊治，父病渐痊，芸亦得徐力起床，而余则从此习幕矣。此非快事，何记于此？曰：此抛书浪游之始，故记之。

思斋先生名襄。是年冬，即相随习幕于奉贤官舍。有同习幕者，顾姓名金鉴，字鸿干，号紫霞，亦苏州人也。为人慷慨刚毅，直谅不阿[①]。长余一岁，呼之为兄。鸿干即毅然呼余为弟，倾心相交。此余第一知己交也，惜以二十二岁卒，余即落落寡交。今年且四十有六矣，茫茫沧海，不知此生再遇知己如鸿干者否？忆与鸿干订交，襟怀高旷，时兴山居之想。

重九日，余与鸿干俱在苏，有前辈王小侠与吾父稼夫公唤女伶演剧，宴客吾家。余患其扰，先一日约鸿干赴寒山登高，藉访他日结庐之地。芸为整理小酒榼[②]。越日，天将晓，鸿干已登门相邀。遂携榼出胥门，入面肆，各饱食。渡胥江，步至横塘枣市桥，雇一叶扁舟，到山，日犹未午。舟子颇循良，令其籴米[③]煮饭。余两人上岸，先至中峰寺。寺在支硎古刹之南，循道而上，寺藏深树，山门寂静，地僻僧闲，见余两人不衫不履，不甚接待。余等志不在此，未深入。

归舟，饭已熟。

饭毕，舟子携榼相随，嘱其子守船。由寒山至高义园之白云精舍。轩临峭壁，下凿小池，围以石栏，一泓秋水，崖悬薜荔，墙积莓苔。坐轩下，惟闻落叶萧萧，悄无人迹。出门有一亭，嘱舟子坐此相候。余两人从石罅中入，名“一线天”，循级盘旋，直造其巅，曰“上白云”，有庵已坍颓，存一危栈，仅可远眺。小憩片刻，即相扶而下，舟子曰：“登高忘携酒榼矣。”鸿干曰：“我等之游，欲觅偕隐地耳，非专为登高也。”舟子曰：“离此南

① 直谅不阿：正直而刚正不阿。
② 酒榼：古代盛酒的器具。
③ 籴米：买米。

行二三里，有上沙村，多人家，有隙地，我有表戚范姓居是村，盍往一游？”余喜曰：“此明末徐俟斋先生隐居处也，有园，闻极幽雅，从未一游。”于是舟子导往。

村在两山夹道中。园依山而无石，老树多极纡回盘郁之势，亭榭窗栏，尽从朴素，竹篱茆舍，不愧隐者之居。中有皂荚亭，树大可两抱。余所历园亭，此为第一。园左有山，俗呼鸡笼山，山峰直竖，上加大石，如杭城之瑞石古洞，而不及其玲珑。旁一青石如榻，鸿干卧其上曰：“此处仰观峰岭，俯视园亭，既旷且幽，可以开樽矣。”因拉舟子同饮，或歌或啸，大畅胸怀。土人知余等觅地而来，误以为堪舆①，以某处有好风水相告。鸿干曰：“但期合意，不论风水。”岂意竟成谶语！

酒瓶既罄，各采野菊插满两鬓。归舟，日已将没。更许抵家，客犹未散。芸私告余曰：“女伶中有兰官者，端庄可取。”余假传母命呼之入内，握其腕而睨之，果丰颐白腻。余顾芸曰：“美则美矣，终嫌名不称实。”芸曰：“肥者有福相。”余曰：“马嵬之祸，玉环之福安在？”芸以他辞遣之出，谓余曰：“今日君又大醉耶？”余乃历述所游，芸亦神往者久之。

癸卯春，余从思斋先生就维扬之聘，始见金、焦面目。金山宜远观，焦山宜近视，惜余往来其间，未尝登眺。渡江而北，渔洋所谓“绿杨城郭是扬州”一语已活现矣！平山堂离城约三四里，行其途有八九里，虽全是人工，而奇思幻想，点缀天然，即阆苑瑶池、琼楼玉宇，谅不过此。其妙处在十余家之园亭合而为一，联络至山，气势俱贯。其最难位置处，出城入景，有一里许

① 堪舆：风水先生。

紧沿城郭。夫城缀于旷远重山间，方可入画。园林有此，蠢笨绝伦。而观其或亭或台，或墙或石，或竹或树，半隐半露间，使游人不觉其触目①，此非胸有丘壑者断难下手。

城尽以虹园为首，折面向北，有石梁，曰“虹桥”，不知园以桥名乎？桥以园名乎？荡舟过，曰“长堤春柳”，此景不缀城脚而缀于此，更见布置之妙。再折而西，垒土立庙，曰“小金山”，有此一挡，便觉气势紧凑，亦非俗笔。闻此地本沙土，屡筑不成，用木排若干，层叠加土，费数万金乃成，若非商家，乌能如是②！

过此有“胜概楼”，年年观竞渡于此。河面较宽，南北跨一莲花桥，桥门通八面，桥面设五亭，扬人呼为“四盘一暖锅”。此思穷力竭之为，不甚可取。桥南有莲心寺，寺中突起喇嘛白塔，金顶缨络，高矗云霄，殿角红墙，松柏掩映，钟磬时闻，此天下园亭所未有者。

过桥见三层高阁，画栋飞檐，五彩绚烂，叠以太湖石，围以白石栏，名曰“五云多处”，如作文中间之大结构也。过此，名“蜀冈朝阳”，平坦无奇，且属附会。将及山，河面渐束，堆土植竹树，作四五曲，似已山穷水尽，而忽豁然开朗，平山之万松林已列于前矣。“平山堂”为欧阳文忠公所书。所谓淮东第五泉，真者在假山石洞中，不过一井耳，味与天泉同；其荷亭中之六孔铁井阑者，乃系假设，水不堪饮。九峰园另在南门幽静处，别饶天趣，余以为诸园之冠。康山未到，不识如何。此皆言其大概，

① 触目：刺眼。
② 乌能如是：怎能如此。

其工巧处、精美处，不能尽述，大约宜以艳妆美人目之，不可作浣纱溪上观也。余适恭逢南巡盛典，各工告竣，敬演接驾点缀，因得畅其大观，亦人生难遇者也。

甲辰之春，余随侍吾父于吴江何明府幕中，与山阴章苹江、武林章映牧、苕溪颐蔼泉诸公同事，恭办南斗圩行宫，得第二次瞻仰天颜。一日，天将晚矣，忽动归兴。有办差小快船，双橹两桨，于太湖飞棹疾驰，吴俗呼为“出水辔头”，转瞬已至吴门桥。即跨鹤腾空，无此神爽。抵家，晚餐未熟也。

吾乡素尚繁华，至此日之争奇夺胜，较昔尤奢。灯彩眩眸，笙歌聒耳，古人所谓“画栋雕甍”、“珠帘绣幕”、“玉栏干”、“锦步障”，不啻过之①。余为友人东拉西扯，助其插花结彩，闲则呼朋引类，剧饮狂歌，畅怀游览。少年豪兴，不倦不疲。苟生于盛世而仍居僻壤，安得此游观哉！

是年，何明府因事被议，吾父即就海宁王明府之聘。嘉兴有刘蕙阶者，长斋佞佛，来拜吾父。其家在烟雨楼侧，一阁临河，曰“水月居”，其诵经处也，洁静如僧舍。烟雨楼在镜湖之中，四岸皆绿杨，惜无多竹。有平台可远眺，渔舟星列，漠漠平波，似宜月夜。衲子备素斋甚佳。

至海宁，与白门史心月、山阴俞午桥同事。心月一子名烛衡，澄静缄默，彬彬儒雅，与余莫逆，此生平第二知心交也。惜萍水相逢，聚首无多日耳。游陈氏安澜园，地占百亩，重楼复阁，夹道回廊；池甚广，桥作六曲形；石满藤萝，凿痕全掩；古木千章，皆有参天之势；鸟啼花落，如入深山。此人工而归于天

---

① 不啻过之：有过之而无不及。

然者。余所历平地之假石园亭，此为第一。曾于桂花楼中张宴，诸味尽为花气所夺，惟酱姜味不变。姜桂之性老而愈辣，以喻忠节之臣，洵不虚也。

出南门，即大海，一日两潮，如万丈银堤破海而过。船有迎潮者，潮至，反棹相向，于船头设一木招，状如长柄大刀。招一捺，潮即分破，船即随招而入。俄顷始浮起，拨转船头，随潮而去，顷刻百里。

塘上有塔院，中秋夜曾随吾父观潮于此。循塘东约三十里，名尖山，一峰突起，扑入海中。山顶有阁，匾曰“海阔天空”，一望无际，但见怒涛接天而已。

余年二十有五，应徽州绩溪克明府之召，由武林下“江山船”，过富春山，登子陵钓台。台在山腰，一峰突起，离水十余丈。岂汉时之水竟与峰齐耶？月夜泊界口，有巡检署。“山高月小，水落石出”，此景宛然。黄山仅见其脚，惜未一瞻面目。

绩溪城处于万山之中，弹丸小邑，民情淳朴。近城有石镜山，由山弯中曲折一里许，悬崖急湍，湿翠欲滴。渐高，至山腰，有一方石亭，四面皆陡壁。亭左石削如屏，青色光润，可鉴人形，俗传能照前生。黄巢至此，照为猿猴形，纵火焚之，故不复现。

离城十里有“火云洞天”，石纹盘结，凹凸巉岩，如黄鹤山樵[①]笔意，而杂乱无章，洞石皆深绛色。旁有一庵甚幽静，盐商程虚谷曾招游，设宴于此。席中有肉馒头，小沙弥眈眈旁视，授以四枚。临行以番银二圆为酬。山僧不识，推不受。告以一枚可

① 黄鹤山樵：元代画家王蒙。元末隐居黄鹤山，因号黄鹤山樵。

易青钱七百余文。僧以近无易处，仍不受。乃攒凑青蚨六百文付之，始欣然作谢。他日余邀同人携榼再往，老僧嘱曰："曩者小徒不知食何物而腹泻，今勿再与。"可知藜藿之腹，不受肉味，良可叹也。余谓同人曰："作和尚者，必居此等僻地，终身不见不闻，或可修真养静。若吾乡之虎丘山，终日目所见者妖童艳妓，耳所听者弦索笙歌，鼻所闻者佳肴美酒，安得身如枯木、心如死灰哉？"

又去城三十里，名曰"仁里"，有花果会，十二年一举，每举各出盆花为赛。余在绩溪适逢其会，欣然欲往，苦无轿马，乃教以断竹为杠，缚椅为轿，雇人肩之而去。同游者惟同事许策廷，见者无不讶笑。至其地，有庙，不知供何神。庙前旷处高搭戏台，画梁方柱，极其巍焕，近视则纸扎彩画，抹以油漆者。锣声忽至，四人抬对烛，大如断柱，八人抬一猪，大若牯牛，盖公养十二年始宰以献神。策廷笑曰："猪固寿长，神亦齿利。我若为神，乌能享此！"余曰："亦足见其愚诚也。"

入庙，殿廊轩院所设花果盆玩，并不剪枝拗节，尽以苍老古怪为佳，大半皆黄山松。既而开场演剧，人如潮涌而至，余与策廷遂避去。未两载，余与同事不合，拂衣[1]归里。

余自绩溪之游，见热闹场中卑鄙之状不堪入目，因易儒为贾。余有姑丈袁万九，在盘溪之仙人塘作酿酒生涯，余与施心耕附资合伙。袁酒本海贩，不一载，值台湾林爽文之乱，海道阻

① 拂衣：拂袖，表示决绝。

隔，货积本折，不得已，仍为“冯妇”[①]。馆江北四年，一无快游可记。

迨居萧爽楼，正作烟火神仙。有表妹倩徐秀峰自粤东归，见余闲居，慨然曰：“足下待露而爨[②]，笔耕而炊，终非久计，盍偕我作岭南游？当不仅获蝇头利也。”芸亦劝余曰：“乘此老亲尚健，子尚壮年，与其商柴计米而寻欢，不如一劳而永逸。”余乃商诸交游者，集资作本，芸亦自办绣货，及岭南所无之苏酒醉蟹等物。禀知堂上，于小春十日，偕秀峰由东霸出芜湖口。

长江初历，大畅襟怀。每晚，舟泊后，必小酌船头。见捕鱼者罾幂不满三尺，孔大约有四寸，铁箍四角，似取易沉。余笑曰：“圣人之教，虽曰‘罟不用数’，而如此之大孔小罾，焉能有获？”秀峰曰：“此专为网鳊鱼设也。”见其系以长绠，忽起忽落，似探鱼之有无。未几，急挽出水，已有鳊鱼枷罾孔而起矣。余始喟然曰：“可知一己之见，未可测其奥妙。”

一日，见江心中一峰突起，四无依倚。秀峰曰：“此小孤山也。”霜林中，殿阁参差。乘风径过，惜未一游。至滕王阁，犹吾苏府学之尊经阁移于胥门之大马头，王子安序中所云，不足信也。即于阁下换高尾昂首船，名“三板子”，由赣关至南安登陆。值余三十诞辰，秀峰备面为寿。越日，过大庾岭，山巅一亭，匾曰“举头日近”，言其高也。山头分为二，两边峭壁，中留一道如石巷。口列两碑，一曰“急流勇退”，一曰“得意不可再往”。

① 冯妇：人名。冯妇善搏虎，他成为一个读书人后，偶然看见老虎，又情不自禁去搏虎。见《孟子·尽心上》。此处代指重操旧业。

② 待露而爨：用露水做饭。比喻生活没有保障。

山顶有梅将军祠，未考为何朝人。所谓岭上梅花，并无一树，意者以梅将军得名梅岭耶？余所带送礼盆梅，至此将交腊月，已花落而叶黄矣。

过岭出口，山川风物，便觉顿殊。岭西一山，石窍玲珑，已忘其名，舆夫[①]曰："中有仙人床榻。"匆匆竟过，以未得游为怅。

至南雄，雇老龙船，过佛山镇，见人家墙顶多列盆花，叶如冬青，花如牡丹，有大红、粉白、粉红三种，盖山茶花也。

腊月望，始抵省城，寓靖海门内，赁王姓临街楼屋三椽。秀峰货物皆销与当道，余亦随其开单拜客，即有配礼者，络绎取货，不旬日而余物已尽。除夕，蚊声如雷。岁朝贺节，有棉袍纱套者，不惟气候迥别，即土著人物，同一五官而神情迥异。

正月既望，有署中同乡三友拉余游河观妓，名曰"打水围"，妓名"老举"。于是同出靖海门，下小艇（如剖分之半蛋而加篷焉），先至沙面。妓船名"花艇"，皆对头分排，中留水巷，以通小艇往来。每帮约一二十号，横木绑定，以防海风。两船之间钉以木桩，套以藤圈，以便随潮长落。鸨儿呼为"梳头婆"，头用银丝为架，高约四寸许，空其中而蟠发于外，以长耳挖插一朵花于鬓，身披元青短袄，著元青长裤，管拖脚背，腰束汗巾，或红或绿，赤足撒鞋，式如梨园旦脚。登其艇，即躬身笑迎，搴帏入舱。旁列椅机，中设大炕，一门通艄后。妇呼"有客"，即闻履声杂沓而出，有挽髻者，有盘辫者，傅粉如粉墙，搽脂如榴火，或红袄绿裤，或绿袄红裤，有著短袜而撮绣花蝴蝶履者，有赤足而套银脚镯者，或蹲于炕，或倚于门，双瞳闪闪，一言不发。余

---

① 舆夫：轿夫。

顾秀峰曰："此何为者也？"秀峰曰："目成之后，招之始相就耳。"余试招之，果即欢容至前，袖出槟榔为敬。入口大嚼，涩不可耐，急吐之，以纸擦唇，其吐如血。合艇皆大笑。

又至军工厂，妆束亦相等，惟长幼皆能琵琶而已。与之言，对曰"哋"者，"哋"者，何也。余曰："少不入广者，以其销魂耳，若此野妆蛮语，谁为动心哉？"一友曰："潮帮妆束如仙，可往一游。"至其帮，排舟亦如沙面。有著名鸨儿素娘者，妆束如花鼓妇。其粉头衣皆长领，颈套项锁，前发齐眉，后发垂肩，中挽一鬏似丫髻，裹足者著裙，不裹足者短袜，亦著蝴蝶履，长拖裤管，语音可辨。而余终嫌为异服，兴趣索然。秀峰曰："靖海门对渡有扬帮，留吴妆。君往，必有合意者。"一友曰："所谓扬帮者，仅一鸨儿，呼曰'邵寡妇'，携一媳曰'大姑'，系来自扬州，余皆湖广、江西人也。"

因至扬帮，对面两排仅十余艇。其中人物皆云鬟雾鬓，脂粉薄施，阔袖长裙，语音了了。所谓邵寡妇者，殷勤相接。遂有一友另唤酒船，大者曰"恒艛"，小者曰"沙姑艇"，作东道相邀，请余择妓。余择一雏年者，身材状貌有类余妇芸娘，而足极尖细，名喜儿。秀峰唤一妓，名翠姑。余皆各有旧交。放艇中流，开怀畅饮。至更许，余恐不能自持，坚欲回寓，而城已下钥久矣。盖海疆之城，日落即闭，余不知也。

及终席，有卧吃鸦片烟者，有拥妓而调笑者。伻头[①]各送衾枕至，行将连床开铺。余暗询喜儿："汝本艇可卧否？"对曰：

---

① 伻头：使女。

"有寮[1]可居，未知有客否也。"（寮者，船顶之楼。）余曰："姑往探之。"招小艇渡至邵船，但见合帮灯火相对如长廊，寮适无客。鸨儿笑迎，曰："我知今日贵客来，故留寮以相待也。"余笑曰："姥真荷叶下仙人哉！"遂有伻头移烛相引，由舱后梯而登，宛如斗室，旁一长榻，几案俱备。揭帘再进，即在头舱之顶，床亦旁设，中间方窗嵌以玻璃，不火而光满一室，盖对船之灯光也。衾帐镜奁，颇极华美。

喜儿曰："从台可以望月。"即在梯门之上，叠开一窗，蛇行而出，即后梢之顶也。三面皆设短栏，一轮明月，水阔天空。纵横如乱叶浮水者，酒船也；闪烁如繁星列天者，酒船之灯也；更有小艇梭织往来，笙歌弦索之声，杂以长潮之沸，令人情为之移。余曰："'少不入广'，当在斯矣！"惜余妇芸娘不能偕游至此。回顾喜儿，月下依稀相似，因挽之下台，息烛而卧。

天将晓，秀峰等已哄然至。余披衣起迎，皆责以昨晚之逃。余曰："无他，恐公等掀衾揭帐耳！"遂同归寓。

越数日，偕秀峰游海珠寺。寺在水中，围墙若城，四周离水五尺许，有洞，设大炮以防海寇。潮长潮落，随水浮沉，不觉炮门之或高或下，亦物理之不可测者。十三洋行在幽兰门之西，结构与洋画同。对渡名花地，花木甚繁，广州卖花处也。余自以为无花不识，至此仅识十之六七，询其名有《群芳谱》所未载者，或土音之不同欤？

海珠寺规模极大，山门内植榕树，大可十余抱，阴浓如盖，

① 寮：小屋。

秋冬不凋。柱槛窗栏皆以铁梨木为之。有菩提树，其叶似柿，浸水去皮，肉筋细如蝉翼纱，可裱小册写经。

归途访喜儿于花艇，适翠、喜二妓俱无客。茶罢欲行，挽留再三。余所属意在寮，而其媳大姑已有酒客在上。因谓邵鸨儿曰："若可同往寓中，则不妨一叙。"邵曰："可。"秀峰先归，嘱从者整理酒肴。余携翠、喜至寓。正谈笑间，适郡署王懋老不期来，挽之同饮。酒将沾唇，忽闻楼下人声嘈杂，似有上楼之势，盖房东一侄素无赖，知余招妓，故引人图诈耳。秀峰怨曰："此皆三白一时高兴，不合我亦从之。"余曰："事已至此，应速思退兵之计，非斗口时也。"懋老曰："我当先下说之。"余即唤仆速雇两轿，先脱两妓，再图出城之策。闻懋老说之不退，亦不上楼。两轿已备，余仆手足颇捷，令其向前开路。秀峰挽翠姑继之，余挽喜儿于后，一哄而下。秀峰、翠姑得仆力，已出门去，喜儿为横手所拏。余急起腿，中其臂，手一松而喜儿脱去，余亦乘势脱身出。余仆犹守于门，以防追抢。急问之曰："见喜儿否？"仆曰："翠姑已乘轿去，喜娘但见其出，未见其乘轿也。"余急燃炬，见空轿犹在路旁。急追至靖海门，见秀峰侍翠轿而立，又问之，对曰："或应投东，而反奔西矣。"急返身，过寓十余家，闻暗处有唤余者，烛之，喜儿也，遂纳之轿，肩而行。秀峰亦奔至，曰："幽兰门有水窦可出，已托人贿之启钥，翠姑去矣，喜儿速往！"余曰："君速回寓退兵，翠、喜交我！"

至水窦边，果已启钥。翠先在。余遂左掖喜，右挽翠，折腰鹤步，踉跄出窦。天适微雨，路滑如油。至河干沙面，笙歌正盛。小艇有识翠姑者，招呼登舟。始见喜儿首如飞蓬，钗环俱无有。余曰："被抢去耶？"喜儿笑曰："闻此皆赤金，阿母物也，妾于下楼时已除去，藏于囊中。若被抢去，累君赔偿耶。"余闻言，心甚德之。令其重整钗环，勿告阿母，托言寓所人杂，故仍归舟耳。翠姑如言告母，并曰："酒菜已饱，备粥可也。"

时寮上酒客已去，邵鸨儿命翠亦陪余登寮。见两对绣鞋，泥污已透。三人共粥，聊以充饥。剪烛絮谈，始悉翠籍湖南，喜亦豫产，本姓欧阳，父亡母醮[1]，为恶叔所卖。翠姑告以迎新送旧之苦，心不欢必强笑，酒不胜必强饮，身不快必强陪，喉不爽必强歌；更有乖张其性者，稍不合意，即掷酒翻案，大声辱骂，假母不察，反言接待不周；又有恶客彻夜蹂躏，不堪其扰。喜儿年轻初到，母犹惜之。不觉泪随言落，喜儿亦默然涕泣。余乃挽喜入怀，抚慰之。嘱翠姑卧于外榻，盖因秀峰交也。

自此或十日或五日，必遣人来招。喜或自放小艇，亲至河干迎接。余每去，必偕秀峰，不邀他客，不另放艇。一夕之欢，番银四圆而已。秀峰今翠明红，俗谓之"跳槽"，甚至一招两妓；余则惟喜儿一人，偶染独往，或小酌于平台，或清谈于寮内，不令唱歌，不强多饮，温存体恤，一艇怡然，邻妓皆羡之。有空闲无客者，知余在寮，必来相访。合帮之妓无一不识，每上其艇，呼余声不绝。余亦左顾右盼，应接不暇，此虽挥霍万金所不能致者。

余四月在彼处共费百余金，得尝荔枝鲜果，亦生平快事。后鸨儿欲索五百金，强余纳喜。余患其扰，遂图归计。秀峰迷恋于此，因劝其购一妾，仍由原路返吴。明年，秀峰再往，吾父不准

---

① 母醮：母亲改嫁。

偕游，遂就青浦杨明府之聘。及秀峰归，述及喜儿因余不往，几寻短见。噫！“半年一觉扬帮梦，赢得花船薄幸名”矣！

余自粤东归来，馆青浦两载，无快游可述。未几，芸、憨相遇，物议沸腾。芸以激愤致病。余与程墨安设一书画铺于家门之侧，聊佐汤药之需。

中秋后二日，有吴云客偕毛忆香、王星烂邀余游西山小静室。余适腕底无闲，嘱其先往。吴曰：“子能出城，明午当在山前水踏桥之来鹤庵相候。”余诺之。

越日，留程守铺。余独步出阊门，至山前，过水踏桥，循田塍而西。见一庵南向，门带清流，剥琢[1]问之，应曰：“客何来？”余告之。笑曰：“此‘得云’也，客不见匾额乎？‘来鹤’已过矣！”余曰：“自桥至此，未见有庵。”其人回指曰：“客不见土墙中森森多竹者，即是也。”余乃返，至墙下。小门深闭，门隙窥之，短篱曲径，绿竹猗猗，寂不闻人语声，叩之，亦无应者。一人过，曰：“墙穴有石，敲门具也。”余试连击，果有小沙弥出应。

余即循径入，过小石桥，向西一折，始见山门，悬黑漆额，粉书“来鹤”二字，后有长跋，不暇细观。入门经韦陀殿，上下光洁，纤尘不染，知为好静室。忽见左廊又一小沙弥奉壶出，余大声呼问，即闻室内星烂笑曰：“何如？我谓三白决不失信也！”旋见云客出迎，曰：“候君早膳，何来之迟？”一僧继其后，向余稽首，问知为竹逸和尚。

入其室，仅小屋三椽，额曰“桂轩”。庭中双桂盛开。星烂、

① 剥琢：敲门的声音。

忆香群起嚷曰："来迟罚三杯！"席上荤素精洁，酒则黄白俱备。余问曰："公等游几处矣？"云客曰："昨来已晚，今晨仅到得云、河亭耳。"欢饮良久。饭毕，仍自得云、河亭共游八九处，至华山而止。各有佳处，不能尽述。

华山之顶有莲花峰，以时欲暮，期以后游。桂花之盛，至此为最。就花下饮清茗一瓯，即乘山舆，径回来鹤。桂轩之东，另有临洁小阁，已杯盘罗列。竹逸寡言静坐，而好客善饮。始则折桂催花[1]，继则每人一令，二鼓始罢。余曰："今夜月色甚佳，即此酣卧，未免有负清光。何处得高旷地，一玩月色，庶不虚此良夜也。"竹逸曰："放鹤亭可登也。"云客曰："星烂抱得琴来，未闻绝调，到彼一弹何如？"乃偕往。但见木犀香里，一路霜林，月下长空，万籁俱寂。星烂弹《梅花三弄》[2]，飘飘欲仙。忆香亦兴发，袖出铁笛，呜呜而吹之。云客曰："今夜石湖看月者，谁能如吾辈之乐哉！"盖吾苏八月十八日石湖行春桥下，有看串月胜会，游船排挤，彻夜笙歌，名虽看月，实则挟妓哄饮而已。未几，月落霜寒，兴阑归卧。

明晨，云客谓众曰："此地有无隐庵，极幽僻，君等有到过者否？"咸对曰："无论未到，并未尝闻也。"竹逸曰："无隐四面皆山，其地甚僻，僧不能久居。向年曾一至，已坍废。自尺木彭居士重修后，未尝往焉，今犹依稀识之。如欲往游，请为前导。"忆香曰："枵腹去耶？"竹逸笑曰："已备素面矣，再令道人携酒盒相从也。"

① 折桂催花：折下桂花，击鼓传花。一种饮酒时的游戏。
② 梅花三弄：咏梅之曲。全曲主调出现三次，称为"三弄"。

面毕，步行而往。过高义园，云客欲往白云精舍。入门就坐，一僧徐步出，向云客拱手曰："违教两月，城中有何新闻？抚军在辕否？"忆香忽起，曰："秃！"拂袖径出。余与星烂忍笑随之，云客、竹逸酬答数语，亦辞出。

高义园即范文正公墓，白云精舍在其旁。一轩面壁，上悬藤萝，下凿一潭，广丈许，一泓清碧，有金鳞[①]游泳其中，名曰"钵盂泉"。竹炉茶灶，位置极幽。轩后于万绿丛中，可瞰范园之概。惜衲子俗，不堪久坐耳。

是时，由上沙村过鸡笼山，即余与鸿干登高处也。风物依然，鸿干已死，不胜今昔之感。正惆怅间，忽流泉阻路，不得进。有三五村童掘菌子于乱草中，探头而笑，似讶多人之至此者。询以无隐路，对曰："前途水大不可行。请返数武，南有小径，度岭可达。"从其言。度岭南行里许，渐觉竹树丛杂，四山环绕，径满绿茵，已无人迹。竹逸徘徊四顾，曰："似在斯而径不可辨，奈何？"余乃蹲身细瞩，于千竿竹中隐隐见乱石墙舍，径拨丛竹间，横穿入觅之，始得一门，曰"无隐禅院，某年月日南园老人彭某重修"。众喜曰："非君则武陵源矣！"山门紧闭，敲良久，无应者。忽旁开一门，呀然有声，一鹑衣少年出，面有菜色，足无完履，问曰："客何为者？"竹逸稽首曰："慕此幽静，特来瞻仰。"少年曰："如此穷山，僧散无人接待，请觅他游。"言已，闭门欲进。云客急止之，许以启门放游，必当酬谢。少年笑曰："茶叶俱无，恐慢客耳，岂望酬耶？"

山门一启，即见佛面，金光与绿阴相映，庭阶石础，苔积如

① 金鳞：金鱼。

绣。殿后台级如墙，石栏绕之。循台而西，有石形如馒头，高二丈许，细竹环其趾。再西折北，由斜廊蹑级而登，客堂三卷楹紧对大石。石下凿一小月池，清泉一派，荇藻交横。堂东即正殿。殿左西向为僧房厨灶。殿后临峭壁，树杂阴浓，仰不见天。星烂力疲，就池边小憩。余从之。

将启盒小酌，忽闻忆香音在树杪，呼曰："三白速来，此间有妙境！"仰而视之，不见其人，因与星烂循声觅之。由东厢出一小门，折北，有石蹬如梯，约数十级，于竹坞中瞥见一楼。又梯而上，八窗洞然，额曰"飞云阁"。四山抱列如城，缺西南一角，遥见一水浸天，风帆隐隐，即太湖也。倚窗俯视，风动竹梢，如翻麦浪。忆香曰："何如？"余曰："此妙境也。"忽又闻云客于楼西呼曰："忆香速来，此地更有妙境！"因又下楼，折而西，十余级，忽豁然开朗，平坦如台。度其地，已在殿后峭壁之上，残砖缺础尚存，盖亦昔日之殿基也。周望环山，较阁更畅。忆香对太湖长啸一声，则群山齐应。乃席地开樽，忽愁枵腹。少年欲烹焦饭代茶，随令改茶为粥，邀与同啖。询其何以冷落至此，曰："四无居邻，夜多暴客[①]。积粮时来强窃，即植蔬果，亦半为樵子所有。此为崇宁寺下院，长厨中月送饭干一石、盐菜一坛而已。某为彭姓裔，暂居看守，行将归去，不久当无人迹矣。"云客谢以番银一圆。返至来鹤，买舟而归。余绘《无隐图》一幅，以赠竹逸，志快游也。

是年冬，余为友人作中保所累，家庭失欢，寄居锡山华氏。明年春，将之维扬，而短于资，有故人韩春泉在上洋幕府，因往

---

① 暴客：强盗。

访焉。衣敝履穿，不堪入署，投札约晤于郡庙园亭中。及出见，知余愁苦，慨助十金。园为洋商捐施而成，极为阔大，惜点缀各景，杂乱无章，后叠山石，亦无起伏照应。

归途忽思虞山之胜，适有便舟附之。时当春仲，桃李争妍，逆旅行踪，苦无伴侣。乃怀青铜三百，信步至虞山书院。墙外仰瞩，见丛树交花，娇红稚绿，傍水依山，极饶幽趣。惜不得其门而入，问途以往，遇设篷瀹茗[①]者，就之。烹碧罗春，饮之极佳。询虞山何处最胜，一游者曰："从此出西关，近剑门，亦虞山最佳处也。君欲往，请为前导。"余欣然从之。

出西门，循山脚，高低约数里，渐见山峰屹立，石作横纹。至则一山中分，两壁凹凸，高数十仞，近而仰视，势将倾堕。其人曰："相传上有洞府，多仙景，惜无径可登。"余兴发，挽袖卷衣，猿攀而上，直造其巅。所谓洞府者，深仅丈许，上有石罅，洞然见天。俯首下视，腿软欲堕。乃以腹面壁，依藤附蔓而下。其人叹曰："壮哉！游兴之豪，未见有如君者。"余口渴思饮，邀其人就野店沽饮三杯。阳乌将落，未得遍游，拾赭石十余块，怀之归寓，负笈搭夜航至苏，仍返锡山。此余愁苦中之快游也。

嘉庆甲子春，痛遭先君之变，行将弃家远遁，友人夏揖山挽留其家。秋八月，邀余同往东海永泰沙勘收花息。沙隶崇明。出刘河口，航海百余里。新涨初辟，尚无街市。茫茫芦荻，绝少人烟。仅有同业丁氏仓库数十椽，四面掘沟河，筑堤栽柳绕于外。

丁字实初，家于崇，为一沙之首户；司会计者姓王。俱豪爽好客，不拘礼节，与余乍见，即同故交。宰猪为饷，倾瓮为饮。

---

① 瀹茗：煮茶。

令则拇战，不知诗文；歌则号呶，不讲音律。酒酣，挥工人舞拳相扑为戏。蓄牯牛百余头，皆露宿堤上。养鹅为号，以防海盗。日则驱鹰犬猎于芦丛沙渚间，所获多飞禽。余亦从之驰逐，倦则卧。

引至园田成熟处，每一字号圈筑高堤，以防潮汛。堤中通有水窦，用闸启闭。旱则长潮时启闸灌之，潦则落潮时开闸泄之。佃人皆散处如列星，一呼俱集，称业户曰“产主”，唯唯听命，朴诚可爱。而激之非义，则野横过于狼虎；幸一言公平，率然拜服。风雨晦明，恍同太古。

卧床外瞩，即睹洪涛，枕畔潮声，如鸣金鼓。一夜，忽见数十里外有红灯，大如栲栳，浮于海中，又见红光烛天，势同失火。实初曰：“此处起现神灯神火，不久又将涨出沙田矣。”揖山兴致素豪，至此益放。余更肆无忌惮，牛背狂歌，沙头醉舞，随其兴之所至，真生平无拘之快游也。事竣，十月始归。

吾苏虎丘之胜，余取后山之千顷云一处，次则剑池而已，余皆半借人工，且为脂粉所污，已失山林本相。即新起之白公祠、塔影桥，不过留名雅耳。其“冶坊滨”，余戏改为“野芳滨”，更不过脂乡粉队，徒形其妖冶而已。其在城中最著名之狮子林，虽曰云林手笔，且石质玲珑，中多古木，然以大势观之，竟同乱堆煤渣，积以苔藓，穿以蚁穴，全无山林气势。以余管窥所及，不知其妙。灵岩山为吴王馆娃宫故址，上有西施洞、响屧廊、采香径诸胜，而其势散漫，旷无收束，不及天平、支硎之别饶幽趣。

邓尉山一名元墓，西背太湖，东对锦峰，丹崖翠阁，望如图画。居人种梅为业，花开数十里，一望如积雪，故名“香雪海”。

山之左有古柏四树，名之曰“清、奇、古、怪”：清者，一株挺直，茂如翠盖；奇者，卧地三曲，形同“之”字；古者，秃顶扁阔，半朽如掌；怪者，体似旋螺，枝干皆然。相传汉以前物也。

乙丑孟春，揖山尊人莼芗先生偕其弟介石，率子侄四人，往幞山家祠春祭，兼扫祖墓，招余同往。顺道先至灵岩山，出虎山桥，由费家河进香雪海观梅。幞山祠宇即藏于香雪海中。时花正盛，咳吐俱香。余曾为介石画《幞山风木图》十二册。

是年九月，余从石琢堂殿撰赴四川重庆府之任。溯长江而上，舟抵皖城。皖山之麓，有元季忠臣余公[1]之墓。墓侧有堂三楹，名曰“大观亭”，面临南湖，背倚潜山。亭在山脊，眺远颇畅。旁有深廊，北窗洞开。时值霜时初红，烂如桃李。同游者为蒋寿朋、蔡子琴。南城外又有王氏园，其地长于东西，短于南北，盖北紧背城，南则临湖故也。既限于地，颇难位置，而观其结构，作重台叠馆之法。重台者，屋上作月台为庭院，叠石栽花于上，使游人不知脚下有屋。盖上叠石者则下实，上庭院者则下虚，故花木仍得地气而生也。叠馆者，楼上作轩，轩上再作平台。上下盘折，重叠四层，且有小池，水不漏泄，竟莫测其何虚何实。其立脚全用砖石为之，承重处仿照西洋立柱法。幸面对南湖，目无所阻，骋怀游览，胜于平园，真人工之奇绝者也。

武昌黄鹤楼在黄鹄矶上，后拖黄鹄山，俗呼为蛇山。楼有三层，画栋飞檐，倚城屹峙，面临汉江，与汉阳晴川阁相对。余与

---

① 余公：余阙（1303—1358），元庐州（今安徽合肥）人。至正十三年出守安庆，任都元帅，淮南行省左丞。与红巾军相拒数年，十七年冬为陈友谅所围，次年城破身亡。

琢堂冒雪登焉。仰视长空，琼花风舞，遥指银山玉树，恍如身在瑶台。江中往来小艇，纵横掀播，如浪卷残叶，名利之心，至此一冷。壁间题咏甚多，不能记忆，但记楹对有云：“何时黄鹤重来，且共倒金樽，浇洲渚千年芳草；但见白云飞去，更谁吹玉笛，落江城五月梅花。”

黄州赤壁在府城汉川门外，屹立江滨，截然如壁。石皆绛色，故名焉。《水经》谓之赤鼻山，东坡游此作二赋，指为吴魏交兵处，则非也。壁下已成陆地，上有二赋亭。

是年仲冬抵荆州。琢堂得升潼关观察之信，留余住荆州，余以未得见蜀中山水为怅。时琢堂入川，而哲嗣[1]敦夫、眷属及蔡子琴、席芝堂俱留于荆州。居刘氏废园，余记其厅额曰“紫藤红树山房”。庭阶围以石栏，凿方池一亩；池中建一亭，有石桥通焉；亭后筑土垒石，杂树丛生；余多旷地，楼阁俱倾颓矣。客中无事，或吟或啸，或出游，或聚谈。岁暮虽资斧[2]不继，而上下雍雍，典衣沽酒，且置锣鼓敲之。每夜必酌，每酌必令。窘则四两烧刀[3]，亦必大施觞政。

遇同乡蔡姓者，蔡子琴与叙宗系，乃其族子也，倩其导游名胜。至府学前之曲江楼，昔张九龄为长史时，赋诗其上，朱子亦有诗曰：“相思欲回首，但上曲江楼。”城上又有雄楚楼，五代时高氏所建。规模雄峻，极目可数百里。绕城傍水，尽植垂杨，小舟荡桨往来，颇有画意。荆州府署即关壮缪帅府，仪门内有青石

① 哲嗣：旧称友人之子为哲嗣。
② 资斧：行旅之费的统称。
③ 烧刀：烧酒。

断马槽，相传即赤兔马食槽也。访罗含宅于城西小湖上，不遇。又访宋玉故宅于城北。昔庾信遇侯景之乱，遁归江陵，居宋玉故宅，继改为酒家，今则不可复识矣。

是年大除，雪后极寒。献岁发春[1]，无贺年之扰。日惟燃纸炮、放纸鸢、扎纸灯以为乐。既而风传花信，雨濯春尘。琢堂诸姬携其少女幼子顺川流而下，敦夫乃重整行装，合帮而走。由樊城登陆，直赴潼关。

由山南阌乡县西出函谷关，有“紫气东来”[2] 四字，即老子乘青牛所过之地。两山夹道，仅容二马并行。约十里即潼关，左背峭壁，右临黄河。关在山河之间，扼喉而起，重楼垒垛，极其雄峻。而车马寂然，人烟亦稀。昌黎诗曰“日照潼关四扇开”，殆亦言其冷落耶？

城中观察之下，仅一别驾。道署紧靠北城，后有园圃，横长约三亩。东西凿两池，水从西南墙外而入，东流至两池间，支分三道：一向南至大厨房，以供日用；一向东入东池；一向北折西，由石螭口中喷入西池，绕至西北，设闸泄泻，由城脚转北，穿窦而出，直下黄河。日夜环流，殊清人耳。竹树阴浓，仰不见天。

西池中有亭，藕花绕左右。东有面南书室三间，庭有葡萄架，下设方石，可弈可饮，以外皆菊畦。西有面东轩屋三间，坐其中可听流水声。轩南有小门可通内室。轩北窗下另凿小池，池

① 献岁发春：进入新的一年。

② 紫气东来：传说老子出函谷关，关令尹喜见有紫气从东而来，知道将有圣人过关。后人因此以“紫气东来”表示祥瑞。

之北有小庙，祀花神。园正中筑三层楼一座，紧靠北城，高与城齐，俯视城外，即黄河也。河之北，山如屏列，已属山西界。真洋洋大观也！

余居园南，屋如舟式，庭有土山，上有小亭，登之可览园中之概，绿阴四合，夏无暑气。琢堂为余颜其斋曰“不系之舟”。此余幕游以来第一好居室也。土山之间，艺菊数十种，惜未及含葩，而琢堂调山左廉访矣。

眷属移寓潼川书院，余亦随往院中居焉。琢堂先赴任，余与子琴、芝堂等无事，辄出游。乘骑至华阴庙。过华封里，即尧时三祝[①]处。庙内多秦槐汉柏，大皆三四抱，有槐中抱柏而生者，柏中抱槐而生者。殿廷古碑甚多，内有陈希夷书“福”、“寿”字。华山之脚有玉泉院，即希夷先生化形骨蜕[②]处。有石洞如斗室，塑先生卧像于石床。其地水净沙明，草多绛色，泉流甚急，修竹绕之。洞外一方亭，额曰“无忧亭”。旁有古树三株，纹如裂炭，叶似槐而色深，不知其名，土人即呼曰“无忧树”。

太华之高不知几千仞，惜未能裹粮往登焉。归途见林柿正黄，就马上摘食之。土人呼止弗听，嚼之涩甚，急吐去。下骑觅泉漱口，始能言。土人大笑。盖柿须摘下煮一沸，始去其涩，余不知也。

十月初，琢堂自山东专人来接眷属，遂出潼关，由河南入鲁。山东济南府城内，西有大明湖，其中有历下亭、水香亭诸

---

① 三祝：传说唐尧游于华山，华地守封疆之人祝其多寿、多富、多男子。后人因此以“三祝”表祝颂之辞。

② 化形骨蜕：指道士羽化登仙。

胜。夏月柳阴浓处，菡萏[1]香来，载酒泛舟，极有幽趣。余冬日往视，但见衰柳寒烟，一水茫茫而已。趵突泉为济南七十二泉之冠，泉分三眼，从地底怒涌突起，势如腾沸。凡泉皆从上而下，此独从下而上，亦一奇也。池上有楼，供吕祖像，游者多于此品茶焉。明年二月，余就馆莱阳。至丁卯秋，琢堂降官翰林，余亦入都。所谓登州海市[2]，竟无从一见。

① 菡萏：荷花的别称。
② 登州海市：山东蓬莱一带的海市蜃楼。

卷五　中山记历

嘉庆四年，岁在己未，琉球国[①]中山王尚穆薨[②]。世子尚哲先七年卒，世孙尚温表请袭封。中朝怀柔[③]远藩，锡[④]以恩命，临轩召对，特简儒臣。于是，赵介山先生名文楷，太湖人，官翰林院修撰，充正使；李和叔先生名鼎元，绵州人，官内阁中书，副焉。介山驰书约余偕行，余以高堂垂老，惮于远游，继思游幕二十年，遍窥两戒[⑤]，然而尚囿方隅之见，未观域外，更历瀴溟之胜，庶广异闻。禀商吾父，允以随往。从客凡五人：王君文诰，秦君元钧，缪君颂，杨君华才，其一即余也。

五年五月朔日，随荡节以行，祥飙送风，神鱼扶舳，计六昼夜，径达所届。凡所目击，咸登掌录。志山水之丽崎，记物产之瑰怪，载官司之典章，嘉士女之风节。文不矜奇，事皆证实。自

---

① 琉球国：古国名，即今琉球群岛，清代是中国的属国，后被日本占领。

② 薨：《礼记·曲礼下》："天子死曰崩，诸侯死曰薨。"

③ 怀柔：指用政治手段笼络其他族或国，使之归附。

④ 锡：同"赐"。

⑤ 两戒：戒，同"界"。两戒指南方北方。

惭谫陋，甘贻测海[①]之嗤，要堪传言，或胜凿空之说云尔。

五月朔日，恰逢夏至，袯被登舟。向来封中山王，去以夏至，乘西南风，归以冬至，乘东北风，风有信也。舟二，正使与副使共乘其一。舟身长七丈，首尾虚艄三丈，深一丈三尺，宽二丈二尺，较历来封舟几小一半。前后各一桅，长六丈有奇，围三尺。中舱前一桅，长十丈有奇，围六尺，以番木为之。通计二十四舱，舱底贮石，载货十一万斤有奇。龙口置大炮一，左右各置大炮二，兵器贮舱内。大桅下横大木为辘轳，移炮升篷皆仗之。挚以数十人，舱面为战台，尾楼为将台，立帜列藤牌，为使臣厅事。下即舵楼，舵前有小舱，实以沙布针盘。中舱梯而下，高可六尺，为使臣会食地。前舱贮火药贮米，后以居兵。稍后为水舱，凡四井。二号船称是。每船约二百六十余人，船小人多，无立锥处。风信已届，如欲易舟，恐延时日也。

初二日午刻，移泊鳌门。申刻，庆云[②]见于西方，五色轮囷，适与楼船旗帜，上下辉映，观者莫不叹为奇瑞。或如玄圭，或如白珂，或如灵芝，或如玉禾，或如绛绡，或如紫纶，或如文杏之叶，或如含桃之颗，或如秋原之草，或如春湘之波，向读屠长卿赋，今始知其形容之妙也。

画士施生，为《航海行乐图》，甚工。余见兹图，遂乃搁笔，香崖虽善画，亦不能为此。

初四日亥刻起碇，乘潮至罗星塔。海阔天空，一望无际。余妇芸娘，昔游太湖，谓得天地之宽，不虚此生，使观于海，其愉

① 测海：持蠡测海，用瓠瓢测量海水，比喻浅薄不能了解高深。

② 庆云：祥瑞之彩云。

快又当何如！

初九日卯刻，见彭家山，列三峰，东高而西下。申刻，见钓鱼台，三峰离立，如笔架，皆石骨。惟时水天一色，舟平而驶，有白鸟无数绕船而送，不知所自来。入夜，星影横斜，月光破碎，海面尽作火焰，浮沉出没，木华《海赋》[①] 所谓阴火潜然者也。

初十日辰正，见赤尾屿。屿方而赤，东西凸而中凹，凹中又有小峰二。船从山北过，有大鱼二，夹舟行，不见首尾，脊黑而微绿，如十围枯木，附于舟侧，舟人以为风暴将起，鱼先来护。午刻，大雷雨以震，风转东北，舵无主。舟转侧甚危，幸而大鱼附舟尚未去。忽闻霹雳一声，风雨顿止。申刻，风转西南且大，合舟之人举手加额，咸以为有神助。得二诗以志之，诗云："平生浪迹遍齐州，又附星槎作远游。鱼解扶危风转顺，海云红处是琉球。""白浪滔滔撼大荒，海天东望正茫茫。此行足壮书生胆，手挟风雷意激昂。"自谓颇能写出尔时光景。

十一日午刻，见姑米山。山共八岭，岭各一二峰，或断或续。未刻，大风暴雨如注，然雨虽暴而风顺。酉刻，舟已近山。琉球人以姑米多礁，黑夜不敢进，待明而行，亦不下碇，但将篷收回，顺风而立，则舟荡漾而不能退。戌刻，舟中举号火[②]，姑米山有火应之。询知为球人暗令，日则放炮，夜则举火，仪注所谓得信者，此也。

十二日辰刻，过马齿山，山如犬羊相错，四峰离立，若马行

① 木华：西晋辞赋家，今仅存《海赋》一篇，描写大海奇景。

② 号火：以火为信号。

空。计又行七更，船再用甲寅针，取那霸港，回望见迎封船在后，共相庆幸。历来针路所见，尚有小琉球、鸡笼山、黄麻屿，此行俱未见，问知琉球伙长，年已六十，往来海面八次，每度细审，得其准的，以为不出辰卯二位，而乙卯位单，乙针尤多，故此次最为简捷，而所见亦仅三山，即至姑米。针则开洋用单辰，行七更后，用乙辰，自后尽用乙。过姑米，乃用乙卯，惟记更以香，殊难凭准，念五虎门至官塘，里有定数，因就时辰表按时计里，每时约行百有十里。自初八日未时开洋，讫十二日辰时，计共五十八时，初十日暴风停两时，十一日夜畏触礁停三时，实行五十三时，计程应得五千八百三十里。计到那霸港，实洋面六千里有奇。据琉球伙长云：海上行舟，风小固不能驶，风过大亦不能驶。风大则浪大，浪大力能壅船[①]，进尺仍退二寸。惟风七分，浪五分，最宜驾驶，此次是也。从来渡海，未有平稳而驶如此者。于时，球人驾独木船数十，以纤挽舟而行，迎封三接如仪。辰刻，进那霸港。先是，二号船于初十日望不见，至是乃先至，迎封船亦随后至，齐泊临海寺前。伙长云：从未有三舟齐到者。

午刻，登岸，倾国人士，聚观于路。世孙率百官迎诏如仪。世孙年十七，白皙而丰颐，仪度雍容，善书，颇得松雪[②]笔意。按《中山世鉴》：隋使羽骑尉朱宽至国，于万涛间见地形如虬龙浮水，始曰“流虬”。而《隋书》又作“流求”，《新唐书》作“流鬼”，《元史》又作“瑠求”，明复作“琉球”。《世鉴》又载：元延祐元年，国分为三大里，凡十八国，或称山南王，或称

① 壅船：阻碍船前进。

② 松雪：元代书法家赵孟頫。

山北王。余于中山南山游历几遍，大村不及二里，而即谓之国，得勿夸大乎？琉人每言大风，必曰台飓，按韩昌黎诗“雷霆逼飓䬠”，是与飓同称者为䬠。《玉篇》：“䬠，大风也，于笔切。”《唐书·百官志》：“有䬠海道，或系球人误书。”《隋书》称琉球有虎、狼、熊、罴，今实无之。又云：无牛羊驴马，驴诚无，而六畜无不备，乃知书不可尽信也。

天使馆西向，仿中华廨署，有旗竿二，上悬册封黄旗。有照墙，有东西辕门，左右有鼓亭，有班房。大门署曰“天使馆”，门内廊房各四楹。仪门署曰“天泽门”，万历中使臣夏子阳题，年久失去，前使徐葆光补出。门内左右各十一间，中有甬道。道西榕树一株，大可十围，徐公手植。最西者为厨房，大堂五楹，署曰“敷命堂”，前使汪楫题。稍北葆光额曰“皇纶三锡”。堂后有穿堂，直达二堂，堂五楹，中为正副使会食之地，前使周公署曰“声教东渐”。左右即寤室，堂后南北各一楼，南楼为正使所居，汪楫额曰“长风阁”，北楼为副使所居，前使林麟焻额曰“停云楼”，额兆有诗碑，乃海山先生所题也。周砺礁石为垣，望同百雉[1]，垣上悉植火凤，干方，无花有刺，似霸王鞭，叶似慎火草，俗谓能避火，名吉姑罗。南院有水井。楼皆上覆瓦，下砌方砖，院中平似沙，桌椅床帐，悉仿中国式。寄尘得诗四首，有句云：“相看楼阁云中出，即是蓬莱岛上居。”又有句云：“一舟剪径凭风信，五日飞帆驻月楂。”皆真情真境也。

孔子庙在久米村，堂三楹，中为神座，如王者垂旒搢圭，而署其主曰“至圣先师孔子神位”。左右两龛，龛二人立侍，各手

① 雉：古代计算城墙面积的单位。长三丈，高一丈为一雉。

一经，标曰“《易》、《书》、《诗》、《春秋》”，即所谓四配也。堂外为台，台东西，拾级以登，栅如櫺星门。中仿戟门，半树塞以止行者。其外临水为屏墙。堂之东为明伦堂，堂北祀启圣，久米士之秀者，皆肄业其中。择文理精通者为之师，岁有廪给[①]，丁祭一如中国仪。敬题一诗云：“洋溢声名四海驰，岛邦也解拜先师。庙堂肃穆垂旒贵，圣教如今治九夷。”用伸仰止之忱。

国中诸寺，以圆觉为大。渡观莲塘桥，亭供辨才天女，云即斗姥。将入门，有池曰“圆鉴”，荇藻交横，芰荷半倒，门高敞，有楼翼然。左右金刚四，规格略仿中国，佛殿七楹，更进，大殿亦七楹，名龙渊殿，中为佛堂，左右奉木主，亦祀先王神位，兼祀祧主[②]。左序为方丈，右序为客座，皆设席。周缘以布，下衬极平而净，名曰“踏脚绵”。方丈前为“蓬莱庭”。左为香积厨，侧有井，名“不冷泉”。客座右为古松岭，异石错舛，列于松间。左厢为僧寮[③]，右厢为狮子窟。僧寮南有乐楼，楼南有园，饶花木，此乃圆觉寺之胜概也。

又有护国寺，为国王祷雨之所。龛内有神，黑而裸，手剑立，状甚狰狞。有钟，为前明景泰七年铸。寺后多凤尾蕉，一名铁树。又有天王寺，有钟，亦为景泰七年铸。又有定海寺，有钟，为前明天顺三年铸。至于龙渡寺、善兴寺、和光寺，荒废无可述者。

此邦海味，颇多特产，为中国之所罕见。一石鲊，似墨鱼而

---

① 廪给：官府发给粮食。

② 祧主：已祧之祖宗之牌位。古老天子七庙，五世亲尽，迁出别室，此之谓祧。

③ 僧寮：众多和尚同住的小屋。

大，腹圆如蜘蛛，双须八手，攒生两肩，有刺，类海参，无足无鳞介，如鲍鱼，登莱有所谓八带鱼者，以形考之，殆是石鉅，或即乌鲗之别种欤？一海蛇，长三尺，僵直如朽索，色黑，状狰狞，土人云能杀虫、疗痼、已疠，殆永州异蛇类，土俗甚重之，以为贵品。一海胆，如蝟，剥皮去肉，捣成泥，盛以小瓶，可供馔。一寄生螺，大小不一，长圆各异，皆负壳而行。螺中有蟹，两螯八跪，跪四大四小，以大跪行，螯一大一小，小者常隐，大者以取食，触之则大跪尽缩，以一大螯拒户。蟹也，而有螺性。《海赋》所云"璅蛣[1]腹蟹"，岂其类欤？《太平广记》谓蟹入螺中，似先有蟹，然取置碗中，以观其求脱之势，力猛壳脱，顷刻死。则又与壳相依为命，造物不测，难以臆度也。一沙蟹，阔而薄，两螯大于身，甲小而缺其前，缩两螯以补之，若无缝，八跪特短，脐无甲，尖团莫辨。见人则凹双睛，噀水高寸许，似善怒，养以沙水，经十余日，不食亦不死。一蚶，径二尺以上，围五尺许，古人所谓"屋瓦子"，以壳形凹凸，像屋瓦也。一海马肉，薄片回屈如刨，花色如片茯苓，品之最贵者，不易得，得则先以献王。其状鱼身马首，无毛而有足，皮如江豚。此皆海味之特产也。

此邦果实，亦有与中国不同者。蕉实状如手指，色黄，味甘，瓣如柚，亦名甘露。初熟色青，以糖覆之则黄。其花红，一穗数尺。瓤须五六出，岁实为常，实如其须之数。中国亦有蕉，不闻岁结实，亦无有抽其丝作布者，或其性殊欤？

布之原料与制布之法，亦有与中国异者。一曰蕉布，米色，

---

① 璅蛣：外壳有花纹的生物。

宽一尺，乃芭蕉沤抽其丝织成，轻密如罗。一曰苎布，白而细，宽尺二寸，可敌棉布。一曰丝布，白而棉软，苎经而丝纬，品之最尚者。《汉书》所谓蕉、筒、荃、葛，即此类也。一曰麻布，米色而粗，品最下矣。国人善印花，花样不一，皆剪纸为范，加范于布，涂灰焉，灰干去范，乃著色，干而浣之，灰去而花出，愈浣而愈鲜，衣敝而色不退。此必别有制法，秘不语人。故东洋花布，特重于闽也。

此邦草木，多与中国异称，惜未携《群芳谱》来，一一辨证之耳。“罗汉松”谓之“樫木”，“冬青”谓之“福木”，“万寿菊”谓之“禅菊”，“铁树”谓之“凤尾蕉”，以叶对出形似也。亦谓之“海棕榈”，以叶盖头形似也。有携至中华以为盆玩者，则谓之“万年棕”云。凤梨，开花者谓之男木，白瓣若莲，颇香烈，不实。无花者谓之女木，而实大，如瓜可食。或云即波罗蜜别种，球人又谓之“阿咀呢”。月橘，谓之十里香，叶如枣，小白花，甚芳烈，实如天竹子，稍大，闻二月中，红累累满树，若火齐然，惜余未及见也。

球阳地气多暖，时届深秋，花草不杀，蚊雷不收，荻花盛开，野牡丹二三月花，至八月复复花累累如铃铎，素瓣，紫晕，檀心，圆而大，颇芳烈。佛桑四季皆花，有白色，有深红粉红二色，因得一诗，诗云：“偶随使节泛仙槎，日日春游玩物华。天气常如二三月，山林不断四时花。”亦真情真景也。

球人嗜兰，谓之孔子花，陈宅尤多异产。有风兰，叶较兰稍长，篾竹为盆，挂风前即蕃衍。有名护兰，叶类桂而厚，稍长如指，花一箭八九出，以四月开，香胜于兰，出名护岳岩石间，不假水土，或寄树椏，或裹以棕而悬之，无不茂。有粟兰，一名芷兰，叶如凤尾花，作珍珠状。有棒兰，绿色，茎如珊瑚，无叶，花出椏间，如兰而小，亦寄树活。又有西表松兰、竹兰之目，或致自外岛，或取之岩间，香皆不减兰也，因得一诗。诗云：“移根绝岛最堪夸，道是森森阙里[①]花。不比寻常凡草木，春风一到即繁华。”题诗既毕，并为写生，愧无黄筌[②]之妙笔耳。

沿海多浮石，嵌空玲珑，水击之，声作钟磬，此与中国彭蠡之口石钟山相似。闲居无可消遣，与施生弈，用琉球棋子。白者磨螺之封口石为之，内地小螺拒户有圆壳，海蝼大者，其拒户之壳厚五六分，径二寸许，圆白如砗磲，土人名曰“封口石”。黑者磨苍石为之，子径六分许，围二寸许，中凹而四周削，无正背面，不类云南子式。棋盘以木为之，厚八寸，四足，足高四寸，面刻棋路。其俗好弈，举棋无不定之说，颇亦有国手，局终数空眼多少，不数实子，数正同。相传国中供奉棋神，画女相如仙子，不令人见，乃国中雅尚也。

六月初八日，辰刻，正副使恭奉谕祭文及祭银焚帛安放龙彩亭内，出天使馆东行，过久米林，泊村，至安里桥，即真玉桥，世孙跪接如仪，即导引入庙。礼毕，引观先王庙。正庙七楹，正中向外通为一龛，安奉诸王神位，左昭自舜马至尚穆，共十六位，右穆自义本至尚敬，共十五位。是日球人观者，弥山匝地，男子跪于道左，女子聚立远观。亦有施帷挂竹帘者，土人云系贵

① 阙里：春秋时孔子住地。在今山东曲阜城内阙里街。
② 黄筌：五代后蜀画家，擅花鸟。

官眷属。女皆黥首、指节[①]为饰，甚者全黑，少者间作梅花斑。国俗不穿耳，不施脂粉，无珠翠首饰。人家门户，多树石敢当碣，墙头多植吉姑罗或柔树，剪剔极齐整。国人呼中国为唐山，呼华人为唐人。球地皆土沙，雨还即可行，无泥泞。奥山有却金亭，前明册使陈给事侃归时却金，故国人造亭以表之。辨岳，在王宫东南三里许，过圆觉寺，从山脊行，水分左右，堪舆家谓之过峡，中山来脉也，山大小五峰，最高者谓之辨岳，灌水密覆。前有石柱二，中置栅二，外板阁二，少左有小石塔，左右列石案五。折而东，数十级至顶，有石垆二，西祭山，东祭海岳之神曰祝，祝谓是天孙氏第二女云。国王受封，必斋戒亲祭，正五九月，祭山海及护国神，皆在辨岳也。

波上，雪崎及龟山，余已游遍，而要以鹤头为最胜，随正副使往游，陟其巅，避日而坐。草色粘天，松阴匝地，东望辨岳，秀出天半，王宫历历如画。其南，则近水如湖，远山如岸，丰见城巍然突出，山南王之旧迹犹有存者，西望马齿、姑米，出没隐见，若近若远，封舟之来路也。北俯那霸久米，人烟辐辏[②]。举凡山川灵异，草木荫翳，鱼鸟沉浮，云烟变灭，莫不争奇献巧，毕集目前，乃知前日之游，殊为卤莽。梁大夫小具盘樽，席地而饮，余亦趣仆以酒肴至。未申之交，凉风乍生，微雨将洒，乃移樽登舟，时海潮正涨，沙岸弥漫，遂由奥山南麓折而东北。山石嵌空欲落，海燕如鸥，渔舟似织，俄而返照入山，冰轮出水，文鳐无数，飞朝潮头。与介山举觞弄月，击楫而歌，樽不空，客皆

---

① 黥首、指节：在额上、手腕手臂上刺字文图。

② 辐辏：人或物集聚一起。

醉，越渡里村，漏已三下，却金亭前，列炬如昼，迎者倦矣。乃相与步月而归，为中山第一游焉。

泉崎桥桥下为漫湖浒，每当晴夜，双门供月，万象澄清，如玻璃世界，为中山八景之一。旺泉味甘，亦为中山八景之一。王城有亭，依城望远，因小憩亭中，品瑞泉，纵观中山八景。八景者，泉崎夜月、临海潮声、久米竹篱、龙洞松涛、笋崖夕照、长虹秋霁、城岳灵泉、中岛蕉园也。亭下多棕榈紫竹，竹丛生，高三尺余，叶如棕，狭而长，即所谓观音竹也。亭南有蚶壳，长八尺许，贮水以供盥，知大蚶不易得也。

国人浣漱不用汤①，家竖石桩，置石盂或蚶壳其上，贮水，旁置一柄筒，晓起，以筒盛水，浇而盥漱之，客至亦然。地多草，细软如毯，有事则取新沙覆之。国人取玳瑁之甲以为长簪，传到中国，率由闽粤商贩，球人不知贵，以为贱品。昆山之旁，以玉抵鹊，地使然也。

丰见山顶，有山南王第故城。徐葆光诗有“颓垣宫阙无全瓦，荒草牛羊似破村”之句，王之子孙，今为那姓，犹聚居于此。

辻山，国人读为失山，琉球字皆对音，十失无别，疑迭之误也。副使辑《球雅》，谓一字作二三字读，二三字作一字读音，皆义而非音，即所谓寄语，国人尽知之。音则合百馀字或十馀字为一音，与中国音迥异，国中惟读书通文理者，乃知对音，庶民皆不知也。久米官之子弟，能言，教以汉语，能书，教以汉文，十岁称“若秀才”，王给米一石；十五薙发，先谒孔圣，次谒国

① 汤：热水。

王，王籍其名，谓之“秀才”，给米三石；长则选为通事，为国中文物声名最，即明三十六姓后裔也。那霸人以商为业，多富室。明洪武初，赐闽人三十六姓善操舟者，往来朝贡。国中久米村，梁、蔡、毛、郑、陈、曾、阮、金等姓，乃三十六姓之裔，至今国人重之。与寄公谈玄理，颇有入悟处，遂与唱和成诗。法司蔡温，紫金大夫程顺则、蔡文溥，三人集诗，有作者气。顺则别著《航海指南》，言渡海事甚悉。蔡温尤肆力于古文，有《蓑翁语录》、《至言》等目，语根经学，有道学气，出入二氏之学，盖学朱子而未纯者。

琉球山多瘠硗，独宜薯。父老相传，受封之岁，必有丰年。今岁五月稍旱，幸自后雨不愆期，卒获大丰。薯可四收，海邦臣民，倍觉欢欣，佥[1]曰：“非受封岁，无此丰年也。”

六月初旬，稻已尽收。球阳地气温暖，稻常早熟，种以十一月，收以五六月。薯则四时皆种，三熟为丰，四熟则为大丰。稻田少，薯田多，国人以薯为命，米则王宫始得食。亦有麦豆，所产不多。五月二十日，国中祭稻神，此祭未行，稻虽登场，不敢入家也。

七月初旬始见燕，不巢入屋。中国燕以八月归，此燕疑未入中国者，其来以七月，巢必有地。别有所谓海燕，较紫燕稍大，而白其羽，有全白似鸥者，多巢岛中，间有至中国，人皆以为瑞。应潮鸡，雄纯黑，雌纯白，皆短足长尾，驯不避人。香崖购一小犬，而毛豹斑，性灵警，与饭不食，与薯乃食，知人皆食薯矣。鼠雀最多，而鼠尤虐。亦有猫，不知捕鼠，邦人以为玩，乃

① 佥：犹今言“都”也。

知物性亦随地而变。鹰、雁、鹅、鸭特少。

枕有方如圭者，有圆如轮而连以细轴者，有如文具藏数层者，制特精，皆以木为之，率宽三寸，高五寸，漆其外，或黑或朱，立而枕之，反侧则仆。按《礼记·少仪》注：“颖[①]，警枕也。”谓之颖者，颖然警悟也。又司马文正公以圆木为警枕，少睡则转而觉，乃起读书，此殆警枕之遗。

衣制皆宽博交衽，袖广二尺，口皆不缉，特短袂，以便作事，襟率无纽带，总名衾。男束大带，长丈六尺，宽四寸以为度，腰围四五转，而收其垂于两肋间。烟包、纸袋、小刀、梳、篦之属，皆怀之。故胸前襟带挡起凸然，其肋下不缝者，惟幼童及僧衣为然。僧别有短衣如背心，谓之断俗，此其概也。

帽以薄木片为骨，叠帕而蒙之，前七层，后十一层。花锦帽远望如屋漏痕者，品最贵，惟摄政王叔国相得冠之。次品花紫帽，法司冠之。其次则纯紫。大略紫为贵，黄次之，红又次之，青绿斯下。各色又以绫为贵，绢为次。国王未受封时，戴乌纱帽，双翅侧冲上向，盘金，朱缨垂颔，下束五色绦。至是冠皮弁，状如中国梨园演王者便帽，前直列花瓣七，衣蟒腰玉。

肩舆如中国饼桥，中置大椅，上施大盖，无帷幔，辕粗而长，无绊，无横木，以八人左右肩之而行。

杜氏《通典》，载琉球国俗，谓妇人产必食子衣[②]，以火自炙，令汗出。余举以问杨文凤，然乎？对曰：“火炙诚有之，食衣则否。”即今中山已无火炙俗，惟北山犹未尽改。

---

① 颖：警枕。用圆木做的枕头，熟睡时则敧动，容易觉醒。

② 子衣：胎盘。

嫁娶之礼，固陋已甚，世家亦有以酒肴珠贝为聘者，婚时即用本国轿，结彩鼓乐而迎，不计妆奁，父母送至夫家即返，不宴客，至亲具酒贺，不过数人。《隋书》云“琉球风俗，男女相悦，便相匹偶”，盖其旧俗也。询之郑得功，郑得功曰：三十六姓初来时，俗尚未改，后渐知婚礼，此俗逐革。今国中有夫之妇，犯奸即杀，余始悟琉球所以号守礼之国者，亦由三十六姓教化之力也。

小民有丧，则邻里聚送，观看护丧，掩毕即归，宦家则同官相知者，亦来送柩，出即归，大都不宴客。题主官率皆用僧，男书“圆寂大禅定”，女书“禅定尼”，无考妣称，近日宦家亦有书官爵者。棺制三尺，屈身而殓之，近宦家亦有长五六尺者，民则仍旧。

此邦之人，肘比华人稍短，《朝野佥载》[①] 亦谓人形短小似昆仑[②]，余所见士大夫短小者固多，亦有修髯丰颐者，颀而长者，胖而腹腰十围者，前言似未足信。人体多狐臭，古所谓愠羝也。

世禄之家皆赐姓，士庶率以田地为姓，更无名，其后裔则云某氏之子孙几男，所谓田米私姓也。

国中兵刑惟三章：杀人者死，伤人及重罪徒[③]，轻罪罚日中晒之，计罪而定其日。国中数年无斩犯，间有犯斩罪者，又率引刀自剖腹死。

七月十五夜，开窗见人家门外，皆列火炬二，询之土人，

① 《朝野佥载》：唐张鷟撰，记隋唐朝野故事遗闻。

② 昆仑：唐以前泛称今中印半岛南部和南洋诸岛及其居民为昆仑。

③ 徒：徒刑。

云：国俗于十五日盆祭，预期迎神，祭后乃去之。盆祭者，中国所谓盂兰会也。连日见市上小儿各手一纸幡，对立招展，作迎神状，知国俗盆祭祀先，亦大祭矣。

龟山南岸有窑，国人取车螯大蚶之壳以煅，堊灰壁不及石灰，而粘过者。再东北有池，为国人煮盐处。

七月二十五日，正副使行册封礼，途中观者益众。上万松岭，迤逦而东，衢道修广，有坊，榜曰“中山道”。又进一坊，榜曰“守礼之邦”。世孙戴皮弁，服蟒衣，腰玉带，垂裳结佩，率百官跪迎道左。更进为欢会门，踞山巅，叠礁石为城，削磨如壁，有鸟道，无雉堞，高五尺以上，远望如聚髑髅。始悟《隋书》所谓王居多聚髑髅于其下者，乃远望误于形似，实未至城下也。城外石崖，左镌“龙冈”字，右镌“虎崒”字。王宫西向，以中国在海西，表忠顺面向之意。

后东向为继世门，左南向为水门，右北向为久庆门。再进层崖，有门西北向曰“瑞泉”，左右甬道，有左掖、右掖二门。更进有漏西向，榜曰“刻漏”。上设铜壶漏水，更进有门西北向，为奉神门，即王府门也。殿廷方广十数亩，分砌二道，由甬道进至阙廷，为王听政之所。壁悬伏羲画卦象，龙马负图立其前，绢色苍古，微有剥蚀，殆非近代物。北宫，殿屋固朴，屋举手可接，以处山冈，且阻海飓。面对为南宫。此日正副使宴于北宫，大礼既成，通国欢忭。闻国王经行处，悉有彩饰，泉崎道旁，列盆花异卉，绕以朱栏，中刻木作麒麟形，题曰：“非龙非彪，非熊非罴，王者之瑞兽。”天妃宫前，植大松六，叠假山四，作白鹤二，生子母鹿三。池上结棚，覆以松枝，松子垂如葡萄。池中刻木鲤大小五，令浮水面。环池以竹，栏旁有坊曰“偕乐坊”。柱悬一版，题曰：“鹿濯濯，鸟翯翯，牣鱼跃。”归而述诸副使，副使曰：“此皆志略所载，事隔数十年。一字不易，可谓印板文字矣。”从客皆笑。

宜野湾县有龟寿者，事继母以孝，国人莫不闻。母爱所生子，而短龟寿于其父伊佐前，且不食以激其怒。伊佐惑之，欲死龟寿，将令深夜汲北宫，要[1]而杀之。仆匿龟寿于家，往谏伊佐，伊佐缚而放之，且谓事已露，不可杀，乃逐龟寿。龟寿既被放，欲自尽，又恐张母恶，值天雨雹，病不支，僵卧于路。巡官见之，近而抚其体犹温，知未死，覆以己衣。渐甦，徐诘其故，龟寿不欲扬父母之恶，饰词告之。初，巡官闻孝子龟寿被放，意不平，至是见言语支吾，疑即龟寿，赐衣食令去。密访得其状，乃传集村人，系伊佐妻至，数其罪而监之。将告于王，龟寿愿以身代，巡官不忍伤孝子心，召伊佐夫妇面谕之。妇感悟，卒为母子如初，副使既为之记，余复为诗以表章之，诗云：“輶轩问俗到球阳，潜德端须为阐扬。诚孝由来能感格，何殊闵损与王祥。”以为事继母而不能尽孝者劝。

经迭山墟方集，因步行集中。观所市物，薯为多，亦有鱼、盐、酒、菜、陶、木器、蕉苎、土布，粗恶无足观者。国无肆店，率业于其家。市货以有易无，不用银钱。闻国中率用日本宽永钱，比来亦不见。昨香崖携示串钱，环如鹅眼，无轮廓，贯以绳，积长三寸许，连四贯而合之，封以纸，上有钤记[2]。此球人

① 要：同“邀”，中途拦截。

② 钤记：地方长官委派办事的机关的印记。

新制钱，每封当大钱十。盖国中钱少，宽永钱铜质较美，恐或有人买去，故收藏之，特制此钱应用，市中无钱以此。

国中男逸女劳，无有肩担背负者。趋集、织纫及采薪、运水，皆妇人主之。凡物皆戴之顶。女衣既无钮无带，又不束腰，而国俗男女皆无袴，势须以手曳襟，襟较男衣长，叠襟下为两层，风不得开。因悟髻必偏坠者，以手既曳襟，须空其顶以戴物。童而习之，虽重百斤，登山涉涧，无倾侧，是国中第一绝技也。其动作时，常卷两袖至背，贯绳而束之。发垢辄洗，洗用泥，脱衣结于腰，赤身低头，见人亦不避。抱儿惟一手，叉置腰间，即藉以曳襟。

东苑在崎山，出欢会门，折而北，逐瑞泉下流，至龙渊桥，汇而为池。广可十丈，长可数十丈，捍以堤，曰“龙潭”，水清鱼可数，荷叶半倒。再折而东，有小村，篠屏修整，松盖阴翳，薄云补林，微风啸竹，园外已极幽趣。入门，板亭二，南向，更进而南，屋三楹。亭东有阜如覆盂。折而南，有岩西向，上镌梵宇，下蹲石狮一，饰以五彩。再下，有小方池，凿石为龙首，泉从口出。有金鱼池，前竹万竿，后松百挺。再东，为望仙阁，前有东苑阁，后为能仁堂，东北望海，西南望山，国中形胜，此为第一。

南苑之胜，亦不减于东苑。苑中马富盛，折而东，循行阡陌间，水田漠漠，番薯油油，绝无秋景。薯有新种者，问知已三收矣。再入山，松阴夹道，茅屋参差，田家之景可画。计十余里，始入苑村，名姑场川，即同乐苑也。苑踞山脊，轩五楹，夹室为复阁，颇曲折，轩前有池，新凿，狭而东西长。叠礁为桥，桥南新阜累累，因阜以为亭，宜远眺。亭东，植奇花异卉，有花绝类蝴蝶，绛红色，叶如嫩槐，曰“蝴蝶花”。有松叶如白毛，曰“白发松”。

池东，旧有亭圮，以布代之。池西有阁，颇轩敞，四面风来，宜纳凉。有阁曰“迎晖”，有亭曰“一览”，即正副使所题也。轩北有松，有风蕉，有桃，有柳。

黄昏举烟火，略同中国。余偕寄尘游波上，板阁无他神，惟挂铜片幡，上凿“奉寄御币”字，后署云：“元和二年壬戌”。或疑为唐时物，非也。按元和二年为丁亥，非壬戌也。日本马场信武，撰《八卦通变指南》，内列三元指掌。云上元起永禄七年甲子，止元和三年癸亥，如上元起宽永元年甲子，止元和三年癸亥，下元起贞亨元年甲子。今元禄十六年癸未。国中既行宽永钱，证以元和日本僭号①，知琉球旧曾奉日本正朔，今讳言之欤？

纸鸢制无精巧者，儿童多立屋上放之。按中国多放于清明前，义取张口仰视，宣导阳气。令儿少疾。今放于九月，以非九月纸鸢不能上，则风力与中国异，即此可验球阳气暖，故能十月种稻。

国俗男欲为僧者听，既受戒有廪给，有犯戒者，饬令还俗，放之别岛。女子愿为土妓者亦听，接交外客，女之兄弟，仍与外客叙亲往来，然率皆贫民，故不以为耻。若已嫁夫而复敢犯奸者，许女之父兄自杀之，不以告王，即告王，王亦不赦。此国中良贱之大防，所以重廉耻也。此邦有红衣妓，与之言不解，按拍清歌，皆方言也，然风韵亦正有佳者，殆不减憨园。近忽因事他

① 僭号：臣属冒用帝王的尊号。

迁，以扇索诗，因题二诗以赠之，诗云："芳龄二八最风流，楚楚腰身剪剪眸。手抱琵琶浑不语，似曾相识在苏州。""新愁旧恨感千端，再见真如隔世难。可惜今宵好明月，与谁共卷绣帘看？"

国人率恭谨，有所受，必高举为礼，有所敬，则俯身搓手而后膜拜。劝尊者酒，酌而置杯于指尖以为敬，平等则置手心。

此邦屋俱不高，瓦必瓯，以避飓也。地板必去地三尺，以避湿也。屋脊四出，如八角亭，四面接修，更无重构复室，以省材也。屋无门户，上限刻双沟，设方格，糊以纸，左右推移，更不设暗闩，利省便，恃无盗也，临街则设矣。神龛置青石于炉，实以砂，祀祖神也。国以石为神，无传真也。瓦上瓦狮，《隋书》所谓兽头骨角也。壁无粉墁，示朴也。贵家间有糊蚜粉花笺，习华风，渐奢也。

龟山有峰独出，与众山绝，前附小峰，离约二丈许，邦人架石为洞，连二山，高十丈馀，结布幔于洞东。小憩，拾级而登，行洞上，又十余级乃陟巅。巅恰容一楼，楼无名，四面轩豁，无户牖，副使谓余曰："兹楼俯中山之全势，不可无名。"因名之曰"蜀楼"。并为之跋曰："蜀者何？独也。楼何以蜀名？以其踞独山也。"不曰独而曰蜀者，以副使为蜀人。楼构已百年，而副使乃名之，若有待也。楼左瞰青畴，右扶苍石，后临大海，前揖中山，坐其中以望，若建瓴焉。余又请于副使曰："额不可无联。"副使因书前四语付之。归路循海而西，崖洞溪壑皆奇峭，是又一胜游矣。

越南山，度丝满村，人家皆面海，奇石林立，遵海而西，有山，翠色攒空，石骨穿海，曰砂岳。时午潮初退，白石邻邻，群马争驰，飞溅如雨。再西，度大岭村，丛棘为篱，鱼网数百晒其上。村外水田漠漠，泥淖陷马；有牛放于冈，汪录谓马耕无牛，今不尽然也。

本岛能中山语者给黄帽，为酋长。岁遣“亲云上”监抚之，名奉行官，主其赋讼，各赋其土之宜，以贡于王。间切者，外府之谓。首里、泊、久来、那霸四府为王畿，故不设，此外皆设，职在亲民，察其村之利弊，而报于亲云上。间切，略如中国知府，中山属府十四，间切十，山南省属府十二，山北省属府九，间切如其府数。

国俗自八月初十至十五日并蒸米；拌赤小豆，为饭相饷，以祭月，风同中国。是夜，正副使邀从客露饮，月光澄水，天色拖蓝，风寂动息，潮声杂丝竹声，自远而至。恍置身三山，听子晋吹笙，麻姑度曲，万缘俱静矣。宇宙之大，同此一月。回忆昔日萧爽楼中，良宵美景，轻轻放过，今则天各一方，能无对月而兴怀乎？

世传八月十八日为潮生辰，国俗于是夜候潮波上。子刻，偕寄尘至波上，草如碧毯，沾露愈滑，扶仆行，凭垣倚石而坐。丑刻，潮始至，若云峰万叠，卷海飞来。须臾，腥气大盛，水怪挎风，金蛇掣电，天柱欲折，地轴暗摇，雪浪溅衣，直高百尺，未敢遽窥鲛宫，已若有推而起之者，迷离惝恍，千态万状。观此，乃知枚乘《七发》[①] 犹形容未尽也。

潮既退，始闻噌吰之声出礁石间。徐步至护国寺。尚似有雷霆震耳，潮至此观止矣。

---

① 《七发》：西汉枚乘所作辞赋，其中有描写海潮的壮观景象之语。

元旦至六日，贺节。初五日，迎灶。二月祭麦神，十二日浚井，汲新水，俗谓之洗百病。三月三日作艾糕。五月五日竞渡。六月六日，国中作六月节，家家蒸糯米，为饭相饷。十二月八日，作糯米糕，层裹棕叶，蒸以相饷，名曰鬼饼。二十四日送灶，正、三、五、九为吉月，妇女率游海畔，拜水神祈福。逢朔日，群汲新水献神，此其略也。余独疑国俗敬佛，而不知四月八日为佛诞辰。腊八鬼饼如角黍，而不知七宝粥。国王送菊二十余盆，花叶并茂，根际皆以竹签标名，内三种尤异类：一名“金锦”，朵兼红黄白三色，小而繁，灿如列星；一名“理宝”，瓣如莲而小，色淡红；一名“素球”，瓣宽，不类菊，重叠千层，白如雪，皆所未见者。媵之以诗，诗云：“陶篱韩圃多秋色，未必当年有此花。似汝幽姿真可惜，移根无路到中华。”见狮子舞，布为身，皮为头，丝为尾，剪彩如毛饰其外，头尾口眼皆活，镀睛贴齿，两人居其中，俯仰跳跃，作相驯狎欢腾状。余曰：“此近古乐矣。”按《旧唐书·音乐志》，后周武帝时，造太平乐，亦谓之五方狮子舞，白乐天《西凉妓》云：“假面夷人弄狮子，刻木为头丝作尾。金镀眼睛银贴齿，奋迅毛衣罢双耳。”即此舞也。

此邦有所谓“踏柁戏”者，横木以为梁，高四尺馀，复置板而横之，长丈有二尺，虚其两端，均力焉。夷女二，结束衣彩，赤双足，各手一巾，对立相视而歌。歌未竟，跃立两端，稍作低昂，势若水碓之起伏，渐起渐高。东者陡落而激之，则西飞起三丈馀，翩翩若轻燕之舞于空也。西者陡落而激之，则东者复起，又如鸷鸟之直上青云也。叠相起伏，愈激愈疾，几若山鸡舞镜，不复辨其孰为影，孰为形焉。俄焉势渐衰，机渐缓，板末乃安，齐跃而下，整衣而立。终戏无虚蹈方寸者，技至此绝矣。

接送宾客颇真率，无揖让之烦，客至不迎，随意坐，主人即具烟架火炉，竹筒木匣各一，横烟管其上，匣以烟，筒以弃灰也。遇所敬客，乃烹茶，以细末粉少许杂茶末，入沸水半瓯，搅以小竹帚，以沫满瓯面为度。客去亦不送。贵官劝客，常以箸蘸浆少许，纳客唇以为敬。烧酒著黄糖则名福，著白糖则名寿，亦劝客之一贵品也。

重阳具龙舟竞渡于龙潭。琉球亦于五月竞渡，重阳之戏，专为宴天使而设。因成三诗以志之，诗云："故园辜负菊花黄，万里迢迢在异乡。舟泛龙潭看竞渡，重阳错认作端阳。""去年秋在洞庭湾，亲摘黄花插翠鬟。今日登高来海外，累伊独上望夫山。""待将风信泛归槎，犹及初冬好到家。已误霜前开菊宴，还期雪里访梅花。"

闻程顺则曾于津门购得宋朱文公墨迹十四字。今其后裔犹宝之，借观不得，因至其家，开卷，见笔势森严，如奇峰怪石，有岩岩不可犯之色，想见当日道学气象。字径八寸以上，文曰："香飞翰苑围川野，春报南桥叠萃新。"后有名款，无岁月。文公墨迹流传世间者，莫不宝而藏之。盖其所就者大，笔墨乃其馀事，而能自成一家言如此，知古人学力，无所不至也。

又游蔡清派家祠，祠内供蔡君谟画像，并出君谟墨迹见示。知为君谟的派，由明初至琉球，为三十六姓之一。清派能汉语，人迹倜傥，由祠至其家，花木俱有清致，池圆如月，为额其室，曰"月波大屋"。大抵球人工剪剔树木，叠砌假山，故士大夫家率有丘壑以供游览。庭中树长竿，上置小木舟，长二尺，桅舵帆橹皆备。首尾风轮五叶，挂色旗以候风。渡海之家，率预计归期。南风至，则合家欢喜，谓行人当时，归则撤之，即古五两旗遗意。

国王有墨长五寸，宽二寸。有老坑端砚，长一尺，宽六寸，有“永乐四年”字，砚背有“七年四月东坡居士留赠潘邠老”字。问知为前明受赐物。国中有《东坡诗集》，知王不但宝其砚矣。棉纸清纸，皆以穀皮为之，无不中书者。有护书纸，大者佳，高可三尺许，阔二尺，白如玉，小者减其半。亦有印花诗笺，可作札。别有围屏纸，则糊壁用矣。徐葆光“球纸诗”云：“冷金入手白于练，侧理海涛凝一片。昆刀截截径尺方，叠雪千层无幂面。”形容殆尽。南炮台间有碑二：一正书，剥蚀甚微，“奉书造”三字，一其国学书，前朝嘉靖二十一年建，惟不能尽识，其笔力正自遒劲飞舞。有木曰山米，又名野麻姑，叶可染，子如女贞，味酸，土人榨以为醋。球醋纯白，不甚酸，供者以为米醋，味不类，或即此果所榨欤？席地坐，以东为上，设毡，食皆小盘，方盈尺，著两板为脚，高八寸许。肴凡四进，各盘贮而不相共，三进皆附以饭，至四肴乃进酒二，不过三巡。每进肴止一盘，必撤前肴而后进其次肴。饭用油煎面果，次肴饭用炒米花，三肴用饭，每供肴酒，主人必亲手高举，置客前俯身搓手而退，终席，主人不陪，以为至敬。此球人宴会尊客之礼，平等乃对饮。大要[①]球俗席皆坐地，无椅桌之用。食具如古俎豆，肴尽干制，无所用勺。虽贵官家食，不过一肴，一饭，一箸，箸多削新柳为之。即妻子不同食，犹有古人之遗风焉。

---

① 大要：主要，概要。

使院“敷命堂”后，旧有二榜，一书前明册使姓名：洪武五年，封中山王察度，使行人汤载；永乐二年，封武宁，使行人时中；洪熙元年，封巴志，使中官柴山；正统七年，封尚忠，使给事中俞忭，行人刘逊；十三年，封尚思达，使给事中陈传，行人万祥；景泰二年，封尚景福，使给事中乔毅，行人童守宏；六年，封尚泰久，使给事中严诚，行人刘俭；天顺六年，封尚德，使吏科给事中潘荣，行人蔡哲；成化六年，封尚圆，使兵科给事中官荣，行人韩文；十三年，封尚真，使兵科给事中董旻，行人司司副张祥；嘉靖七年，封尚清，使吏科给事中陈侃，行人高澄；四十一年，封尚元，使吏科左给事中郭汝霖，行人李际春；万历四年，封尚永，使户科左给事中肖崇业，行人谢杰；二十九年，封尚宁，使兵科右给事中夏子阳，行人王士正；崇祯元年，封尚丰，使户科左给事中杜三策，行人司司正杨伦。凡十五次，二十七人，柴山以前无副也。一书本朝册使姓名：康熙二年，封尚质，使兵科副理官张学礼，行人王垓；二十一年，封尚贞，使翰林院检讨汪楫，内阁中书舍人林麟焻；五十八年，封尚敬，使翰林院检讨海宝，翰林院编修徐葆光：乾隆二十一年，封尚穆，使翰林院侍讲全魁，翰林院编修周煌。凡四次，共八人。

清明后，南风为常，霜降后，南北风为常，反是飓飐将作。正二三月多飓，五六七八月多飐，飓骤发而倏止，飐渐作而多日。九月北风或连月，俗称九降风，间有飐起，亦骤如飓。遇飓犹可，遇飐难当。十月后多北风，飓飐无定期，舟人视风隙以来往。凡飓将至，天色有黑点，急收帆严舵以待，迟则不及，或至倾覆。飐将至天边断虹若片帆，曰“破帆”。稍及半天如鲎尾，曰屈鲎，若见北方尤虐。又海面骤变，多秽如米糠，及海蛇浮游，或红蜻蜓飞绕，皆飓风征。

自来球阳，忽已半年。东风不来，欲归无计，十月二十五日，乃始扬帆返国。至二十九日，见温州南杞山，少顷，见北杞山，有船数十只泊焉。舟人皆喜，以为此必迎护船也。

守备登后艄以望，惊报曰："泊者贼船也！"又报："贼船皆扬帆矣！"未几，贼船十六只，吆喝而来，我船从舵门放子母炮，立毙四人。击喝者坠海，贼退，枪并发，又毙六人，复以炮击之，毙五人，稍进，又击之，复毙四人，乃退去。其时贼船已占上风。暗移子母炮，至舵右舷边，连毙贼十二人，焚其头篷，皆转舵而退。中有二船较大，复鼓噪，由上风飞至，大炮准对贼船，即施放，一发中其贼首，烟迷里许。既散，则贼船已尽退。是役也，枪炮俱无虚发，幸免于危。不一时，北风又至，浪飞过船，梦中闻舟人哗曰："到官塘矣。"惊起，从客皆一夜不眠，语余曰："险至此，汝尚能睡耶？"余问其状，曰："每侧则篷皆卧水，一浪盖船，则船身入水，惟闻瀑布声垂流不息，其不覆者，幸耶！"余笑应之曰："设覆，君等能免乎？余入黑甜乡①，未曾目击其险，岂非幸乎？"盥后，登战台视之，前后十余灶皆没，船面无一物，爨火断矣。舟人指曰："前即定海，可无虑矣。"申刻乃得泊，船户登岸购米薪，乃得食。

是夜修家书，以慰芸之悬系，而归心益切。犹忆昔年，芸谓余："布衣菜饭，可乐终身，不必作远游。"此番航海，虽奇而险，濒危幸免，始有味乎芸之言也。

---

① 黑甜乡：梦乡。

卷六　养生记道

自芸娘之逝，戚戚无欢；春朝秋夕，登山临水，极目伤心，非悲则恨。读《坎坷记愁》，而余所遭之拂逆可知也。

静念解脱之法，行将辞家远去，求赤松子于世外。嗣从淡安、揖山两昆季之劝，遂乃栖身苦庵，惟以《南华经》[①] 自遣。乃知蒙庄鼓盆而歌[②]，岂真忘情哉？无可奈何，而翻作达耳。

余读其书，渐有所悟，读《养生主》而悟达观之士，无时而不安，无顺而不处，冥然与造化为一，将何得而何失，孰死而孰生耶？故任其所受，而哀乐无所错其间矣。又读《逍遥游》，而悟养生之要，惟在闲放不拘，怡适自得而已。始悔前此之一段痴情，得勿作茧自缚矣乎！此《养生记道》之所为作也。亦或采前贤之说以自广，扫除种种烦恼，惟以有益身心为主，即蒙庄之旨也。庶几可以全生，可以尽年。

余年才四十，渐呈衰象，盖以百忧摧撼，历年郁抑，不无闷

① 《南华经》：即《庄子》。
② 鼓盆而歌：据《庄子》记载，庄子的妻子死后，庄子敲着瓦盆歌唱。

损。淡安劝余每日静坐数息，仿子瞻《养生颂》之法，余将遵而行之。调息之法，不拘时候，兀身端坐，子瞻所谓摄身使如木偶也。解衣缓带，务令适然，口中舌搅数次，微微吐出浊气，不令有声，鼻中微微纳之。或三五遍，二七遍，有津咽下，叩齿数通，舌抵上腭，唇齿相著，两目垂帘，令胧胧然渐次调息。不喘不粗，或数息出或数息入，从一至十，从十至百，摄心在数，勿令散乱，子瞻所谓寂然兀然与虚空等也。如心息相依，杂念不生，则止勿数，任其自然。子瞻所谓"随"也。坐久愈妙，若欲起身，须徐徐舒放手足，勿得遽起。能勤行之，静中光景，种种奇特，子瞻所谓定能生慧，自然明悟，譬如盲人忽然有眼也，直可明心见性，不但养身全生而已。出入绵绵，若存若亡，神气相依，是为真息。息息归根，自能夺天地之造化，长生不死之妙道也。

人大言，我小语，人多烦，我少记，人悖怖，我不怒，澹然无为，神气自满，此长生之药。《秋声赋》云："奈何思其力之所不及，忧其智之所不能。宜其渥然丹者为槁木，黟然黑者为星星。"此士大夫通患也。又曰："百忧感其心，万事劳其形，有动于中，必摇其精。"人常有多忧多思之患，方壮遽老，方老遽衰，仅此亦长生之法。舞衫歌扇，转眼皆非！红粉青楼，当场即幻，秉灵烛以照迷情，持慧剑以割爱欲。殆非大勇不能也。然情必有所寄，不如寄其情于卉木，不如寄其情于书画，与对艳妆美人何异，可省却许多烦恼。

范文正有云："千古圣贤，不能免生死，不能管后事，一身从无中来，欲归无中去，谁是亲疏？谁能主宰？既无奈何，即放心逍遥，任委来往，如此断了，既心气渐顺，五脏亦和，药方有效，食方有味也。只如安乐人，如有忧事，便吃食不下，何况久病。更忧身死，更忧身后，乃在大怖中，饮食安可得下？请宽心将息”云云。乃劝其中舍三哥之帖。余近日多忧多虑，正宜读此一段。放翁胸次广大，盖与渊明、乐天、尧夫、子瞻等，同其旷逸。其于养生之道，千言万语，真可谓有道之士。此后当玩索陆诗，正可疗余之病。

潄浴[①]极有益。余近制一大盆，盛水极多，潄浴后，至为畅适。东坡诗所谓“淤槽漆斛江河倾，本来无垢洗更轻”，颇领略得一二。治有病不若治于无病，疗身不若疗心，使人疗尤不若先自疗也。林鉴堂诗曰：“自家心病自家知，起念还当把念医。只是心生心作病，心安那有病来时。”此之谓自疗之药，游心于虚静，结志于微妙，委虑于无欲，指归于无为，故能达生延命，与道为久。仙经以精、气、神为内三宝，耳、目、口为外三宝。常令内三宝不逐物而游，外三宝不诱中而扰。重阳祖师于十二时中，行住坐卧，一切动中，要把心似泰山，不摇不动，谨守四门，眼耳鼻口，不令内入外出，此名养寿紧要。外无劳形之事，内无思想之患，以恬愉为务，以自得为功，形体不敝，精神不散。

益州老人尝言：凡欲身之无病，必须先正其心，使其心不乱求，心不狂思，不贪嗜欲，不著迷惑，则心君[②]泰然矣。心君泰然，则百骸四体虽有病，不难治疗。独此心一动，百患为招，即

---

① 潄浴：沐浴。

② 心君：古人以心为人身的主宰，故称为心君。

扁鹊华佗在旁，亦无所措手矣。林鉴堂先生有《安心诗》六首，真长生之要诀也。诗云：

我有灵丹一小锭，
能医四海群迷病。
些儿吞下体安然，
管取延年兼接命。

安心心法有谁知，
却把无形妙药医。
医得此心能不病，
翻身跳入太虚时。

念杂由来业障多，
憧憧扰扰竟如何。
驱魔自有玄微诀，
引入尧夫安乐窝。

人有二心方显念，
念无二心始为人。
人心无二浑无念，
念绝悠然见太清。

这也了时那也了，

纷纷攘攘皆分晓。
云开万里见清光，
明月一轮圆皎皎。

四海遨游养浩然，
心连碧水水连天，
津头自有渔郎问，
洞里桃花日日鲜。

禅师与余谈养心之法，谓心如明镜，不可以尘之也，又如止水，不可以波之也。此与晦庵所言所学者，常要提醒此心，惺惺不寐，如日中天，群邪自息，其旨正同。又言目毋妄视，耳毋妄听，口毋妄言，心毋妄动，贪嗔痴爱，是非人我，一切放下，未事不可先迎，遇事不宜过扰，既事不可留住，听其自来，应以自然，信其自去，忿懥恐惧，好乐忧患，皆得其正，此养心之要也。

王华之曰："斋者，齐也，齐其心而洁其体也，岂仅茹素而已。所谓齐其心者，澹志寡营，轻得失，勤内省，远荤酒。洁其体者，不履邪径，不视恶色，不听淫声，不为物诱，入室闭户，烧香静坐，方可谓之斋也。诚能如是，则身中之神明自安，升降不碍，可以却病，可以长生。"余所居室，四边皆窗户，遇风即阖，风息即开。余所居室，前帘后屏，太明即小帘，以和其内映，太暗则卷帘，以通其外耀，内以安心，外以安目，心目俱安，则身安矣。

禅师称二语告我曰：未死先学死，有生即杀生。有生，谓妄念初生。杀生，谓立予铲除也。此与孟子勿忘勿助之功相通。

孙真人《卫生歌》云："卫生切要知三戒，大怒大欲并大醉。三者若还有一焉，须防损失真元气。"

又云："世人欲知卫生道，喜乐有常嗔怒少。心诚意正思虑除，理顺修身去烦恼。"

又云："醉后强饮饱强食，未有此生不成疾。入资饮食以养身，去其甚者自安适。"

又蔡西山《卫生歌》云："何必餐霞饵大药，忘意延岁等龟鹤。但于饮食嗜欲间，去其甚者将安乐。食后徐行百步多，两手摩胁并胸腹。"

又云："醉眠饱卧俱无益，渴饮饥餐尤戒多。食不欲粗并欲速，宁可少餐相接续。若教一顿饱充肠，损气伤脾非尔福。"

又云："饮酒莫教令大醉，大醉伤神损心志。酒渴饮水并啜茶，腰脚自兹成重坠。"

又云："视听行坐不可久，五劳七伤从此有。四肢亦欲得小劳，譬如户枢终不朽。"

又云："道家更有颐生旨，第一戒人少嗔恚。"凡此数言，果能遵行，功臻旦夕，勿谓老生常谈也。

洁一室，开南牖，八窗通明，勿多陈列玩器，引乱心目。设广榻长几各一，笔砚楚楚。旁设小几一，挂字画一幅，频换。几上置得意书一二部，古帖一本，古琴一张。心目间常要一尘不染。晨入园林，种植蔬果，芟草，灌花，莳药，归来入室，闭目定神。时读快书，怡悦神气，时吟好诗，畅发幽情。临古帖，抚古琴，倦即止。知己聚谈，勿及时事，勿及权势，勿臧否人物，勿争辩是非。或约闲行，不衫不履，勿以劳苦徇礼节。小饮勿醉，陶然而已。诚然如是，亦堪乐志。以视夫蹩足入泮①，申脰就羁②，游卿相之门，有簪佩之累③，岂不霄壤之悬哉！

太极拳非他种拳术可及，太极二字已完全包括此种拳术之意义。太极乃一圆圈，太极拳即由无数圆圈联贯而成之一种拳术，无论一举手，一投足，皆不能离此圆圈，离此圆圈，便违太极拳之原理。四肢百骸不动则已，动则皆不能离此圆圈，处处成圆，随虚随实。练习以前，先须存神纳气，静坐数刻，并非道家之守窍也。只须屏绝思虑，务使万缘俱静。以缓慢为原则，以毫不使力为要义，自首至尾，联绵不断。相传为辽阳张通于洪武初奉召入都，路阻武当，夜梦异人，授以此种拳术。余近年从事练习，果觉身体较健，寒暑不侵，用以卫生，诚有益而无损者也。

省多言，省笔札，省交游，省妄想，所一息不可省者，居敬养心耳。

杨廉夫有《路逢三叟词》云：

“上叟前致词，大道抱天全。中叟前致词，寒暑每节宣。下叟前致词，百年半单眠。”尝见后山诗中一词亦此意，盖出应璩。璩诗曰：“昔有行道人，陌上见三叟。年各百岁馀，相与锄禾麦。往前问三叟，何以得此寿？上叟前致词，室内姬粗丑。二叟前致词，量腹节所受。下叟前致词，夜卧不覆首。要哉三叟言，所以

① 蹩足入泮：急切地去参加科考。

② 申脰就羁：伸长了脖子让人去捆缚。

③ 簪佩之累：为显贵的地位所累。

能长久。”古人云：“比上不足，比下有馀。”此最是寻乐妙法也。将啼饥者比，则得饱自乐。将号寒者比，则得暖自乐。将劳役者比，则优闲自乐。将疾病者比，则康健自乐。将祸患者比，则平安自乐。将死亡者比，则生存自乐。白乐天诗有云：“蜗牛角内争何事，石火[1]光中寄此身。随富随贫且欢喜，不开口笑是痴人。”近人诗有云：“人生世间一大梦，梦里胡为苦认真？梦短梦长俱是梦，忽然一觉梦何存！”与乐天同一旷达也！

“世事茫茫，光阴有限，算来何必奔忙？人生碌碌，竞短论长，却不道荣枯有数，得失难量。看那秋风金谷[2]，夜月乌江[3]。阿房宫冷，铜雀台荒。荣华花上露，富贵草头霜。机关参透，万虑皆忘。夸什么龙楼凤阁，说什么利锁名缰。闲来静处，且将诗酒猖狂。唱一曲归来未晚，歌一调湖海茫茫。逢时遇景，拾翠寻芳。约几个知心密友，到野外溪傍。或琴棋适性，或曲水流觞。或说些善因果报，或论些今古兴亡。看花枝堆锦绣，听鸟语弄笙簧。一任他人情反复，世态炎凉。优游闲岁月，潇洒度时光。”此不知为谁氏所作，读之而若大梦之得醒，热火世界一帖清凉散也。

程明道[4]先生曰：“吾受气甚薄，因厚为保生。至三十而浸盛，四十五十而后完。今生七十二年矣。较其筋骨，于盛年无损也。若人待老而保生，是犹贫而后蓄积，虽勤亦无补矣。

“口中言少，心头事少，肚里食少，有此三少，神仙可到。

---

① 石火：击石迸发的火星，形容人生之短暂。

② 金谷：晋巨富石崇筑金谷园，极尽奢华。

③ 乌江：暗指项羽乌江自刎事。

④ 程明道：程颢，宋代理学家，世称明道先生。

酒宜节饮，忿宜速惩，欲宜力制，依此三宜，疾病自稀。

“病有十可却：静坐观空，觉四大[①]原从假合，一也。烦恼现前，以死譬之，二也。常将不如我者，巧自宽解，三也。造物劳我以生，遇病少闲，反生庆幸，四也。宿孽现逢，不可逃避，欢喜领受，五也。家庭和睦，无交谪之言，六也。众生各有病根，常自观察克治，七也。风寒谨防，嗜欲淡薄，八也。饮食宁节毋多，起居务适毋强，九也。觅高明亲友，讲开怀出世之谈，十也。”

邵康节[②]居安乐窝中，自吟曰：“老年肢体索温存，安乐窝中别有春。万事去心闲偃仰，四肢由我任舒伸。炎天傍竹凉铺簟，寒雪围炉软布裀。昼数落花聆鸟语，夜邀明月操琴声。食防难化常思节，衣必宜温莫懒增。谁道山翁拙于用，也能康济自家身。”

养生之道，只“清净明了”四字，内觉身心空，外觉万物空，破诸妄想，一无执著，是曰清净明了。万病之毒，皆生于浓，浓于声色，生虚怯病。浓于贷利，生食饕病。浓于功业，生造作病。浓于名誉，生矫激病。噫！浓之为毒甚矣。樊尚默先生以一味药解之，曰“淡”。云白山青，川行石立，花迎鸟笑，谷答樵讴，万境自闲，人心自闹。岁暮访淡安，见其凝尘满室，泊然处之。叹曰：“所居，必洒扫涓洁，虚空以居，尘嚣不杂。斋前杂树花木，时观万物生意。深夜独坐，或启扉以漏月光。至昧爽[③]，但觉天地万物，清气自远而届，此心与相流通，更无窒碍。

① 四大：即佛教所云“四大皆空”之四大。佛教以地、水、火、风为万物之原，人身亦然。

② 邵康节：邵雍，宋代理学家，谥号康节。

③ 昧爽：拂晓，天未全明之时。

今室中芜秽不治，弗以累心，但恐于神爽未必有助也。”

余年来静坐枯庵，迅埽夙习，或浩歌长林，或孤啸幽谷，或弄艇投竿于溪涯湖曲，捐耳目，去心智，久之似有所得。陈白沙[①]曰：“不累于外物，不累于耳目，不累于造次颠沛。鸢飞鱼跃，其机在我。”知此者谓之善学，抑亦养寿之真诀也。圣贤皆无不乐之理，孔子曰：“乐在其中。”颜子曰：“不改其乐。”孟子以“不愧、不怍”为乐。《论语》开首说乐，《中庸》言“无入而不自得”，程朱教寻孔颜乐趣，皆是此意。圣贤之乐，余何敢望，窃欲仿白傅[②]之“有叟在中，白须飘然，妻孥熙熙，鸡犬闲闲”之乐云耳。

冬夏皆当以日出而起，于夏尤宜。天地清旭之气，最为爽神，失之甚为可惜。余居山寺之中，暑月日出则起，收水草清香之味，莲方敛而未开，竹含露而犹滴，可谓至快。日长漏永，午睡数刻，焚香垂幞，净展桃笙，睡足而起，神清气爽，真不啻天际真人也。

乐即是苦，苦即是乐，带些不足，安知非福？举家事事如意，一身件件自在，热光景即是冷消息。圣贤不能免厄，仙佛不能免劫，厄以铸圣贤，劫以炼仙佛也。

牛喘月，雁随阳，总成忙世界。蜂采香，蝇逐臭，同是苦生涯。劳生扰扰，惟利惟名，牿旦昼[③]，蹶寒暑[④]，促生死，皆此两字误之。以名为炭而灼心，心之液涸矣。以利为蚤而螫心，心之

① 陈白沙：陈献章，明代儒学家。

② 白傅：白居易曾为太子少傅，因省称白傅。

③ 牿旦昼：像牛马一样整日被束缚着。

④ 蹶寒暑：不分严寒酷暑地竭力奔忙。

神损矣。今欲安心而却病，非将名利两字涤除净尽不可。余读柴桑翁[1]《闲情赋》，而叹其钟情，读《归去来辞》，而叹其忘情；读《五柳先生传》，而叹其非有情，非无情，钟之忘之而妙焉者也。

余友淡公最慕柴桑翁，书不求解而能解，酒不期醉而能醉，且语余曰："诗何必五言，官何必五斗，子何必五男，宅何必五柳。"可谓逸矣！余梦中有句云："五百年谪在红尘，略成游戏；三千里击开沧海，便是逍遥。"醒而述诸琢堂，琢堂以为飘逸可诵，然而谁能会此意乎！

真定梁公每语人：每晚家居，必寻可喜笑之事，与客纵谈，掀髯大笑，以发舒一日劳顿郁结之气。此真得养生要诀也。

曾有乡人过百岁，余扣其术，笑曰："余乡村人，无所知，但一生只是喜欢，从不知忧恼。"此岂名利中人所能哉。昔王右军云："吾笃嗜种果，此中有至乐存焉。我种之树，开一花，结一实，玩之偏爱，食之益甘。"右军可谓自得其乐矣。放翁梦至仙馆，得诗云："长廊下瞰碧莲沼，小阁正对青萝峰。"便以为极胜之景。余居禅房，颇擅此胜，可傲放翁矣。

余昔在球阳，日则步屧于空潭、碧涧、长松、茂竹之侧，夕则挑灯读白香山、陆放翁之诗，焚香煮茶，延两君子于坐，与之相对，如见其襟怀之澹宕，几欲弃万事而从之游，亦愉悦身心之一助也。

余自四十五岁以后，讲求安心之法。方寸之地，空空洞洞，

---

① 柴桑翁：指陶渊明。陶乃浔阳柴桑（江西九江）人，故有此称。

朗朗惺惺。凡喜怒哀乐，劳苦恐惧之事，决不令之入。譬如制为一城，将城门紧闭，时加防守，惟恐此数者阑入。近来渐觉阑入之时少，主人居其中，乃有安适之象矣。

养身之道，一在慎嗜欲，一在慎饮食，一在慎忿怒，一在慎寒暑，一在慎思索，一在慎烦劳。有一于此，足以致病，安得不时时谨慎耶！张敦复先生尝言：古人读《文选》而悟养生之理，得力于两句，曰“石蕴玉而山辉，水含珠而川媚”。此真是至言。尝见兰蕙芍药之蒂间，必有露珠一点，若此一点为蚁虫所食，则花萎矣。又见笋初出，当晓，则必有露珠数颗在其末，日出，则露复敛而归根，夕则复上。田间有诗云，“夕看露颗上梢行”，是也。若侵晓入园，笋上无露珠，则不成材，遂取而食之。稻上亦有露，夕现而朝敛。人之元气全在乎此，故《文选》二语，不可不时时体察，得诀固不在多也。余之所居，仅可容膝，寒则温室拥杂花，暑则垂帘对高槐，所自适于天壤间者，止此耳。然退一步想，我所得于天者已多，因此心平气和，无歆羡，亦无怨尤，此余晚年自得之乐也。圃翁曰：人心至灵至动，不可过劳，亦不可过逸，惟读书可以养之。闲适无事之人，整日不观书，则起居出入，身心无所栖泊。耳目无所安顿，势必心意颠倒，妄想生嗔，处逆境不乐，处顺境亦不乐也。古人有言，扫地焚香，清福已具。其有福者，佐以读书，其无福者，便生他想，旨哉斯言。且从来拂意之事，自不读书者见之，似为我所独遭，极其难堪，不知古人拂意之事，有百倍于此者，特不细心体验耳！即如东坡先生，殁后遭逢高、孝，文字始出，而当时之忧谗畏讥，困顿转徙潮惠之间，且遭跣足涉水，居近牛栏，是何如境界？又如白香山之无嗣，陆放翁之忍饥，皆载在书卷。彼独非千载闻人，而所遇皆如此。诚一平心静观，则人间拂意之事，可以涣然冰释。若不读书，则但见我所遭甚苦，而无穷怨尤嗔忿之心，烧灼不静，其苦为何如耶？故读书为颐养第一事也。

吴下有石琢堂先生之城南老屋，屋有五柳园，颇具泉石之胜，城市之中，而有郊野之观，诚养神之胜地也。有天然之声籁，抑扬顿挫，荡漾余之耳边。群鸟嘤鸣林间时，所发之断断续续声，微风振动树叶时所发之沙沙簌簌声，和清溪细流流出时所发出之潺潺淙淙声，余泰然仰卧于青葱可爱之草地上，眼望蔚蓝澄澈之穹苍，真是一幅绝妙画图也。以视拙政园，一喧一静，真远胜之。

吾人须于不快乐之中，寻一快乐之方法。先须认清快乐与不快乐之造成，固由于处境之如何，但其主要根苗，还从己心发长耳。同是一人，同处一样之境，甲却能战胜劣境，乙反为劣境所征服，能战胜劣境之人，视劣境所征服之人，较为快乐，所以不必歆羡他人之福，怨恨自己之命。是何异雪上加霜，愈以毁灭人生之一切也。

无论如何处境之中，可以不必郁郁，须从郁郁之中，生出希望和快乐之精神。偶与琢堂道及，琢堂亦以为然。

家如残秋，身如昃晚[①]，情如剩烟，才如遣电[②]，余不得已而游于画，而狎于诗，竖笔横墨，以自鸣其所喜，亦犹小草无聊，自矜其花，小鸟无奈，自矜其舌。小春之月，一霞始晴，一峰始

① 昃晚：傍晚。

② 遣电：闪电。

明，一禽始清，一梅始生，而一诗一画始成。与梅相悦，与禽相得，与峰相立，与霞相揖。画虽拙而或以为工，诗虽苦而自以为甘。四壁已倾，一瓢已敝。无以损其愉悦之胸襟也。

圃翁拟一联，将悬之草堂中：“富贵贫贱，总难称意，知足即为称意；山水花竹，无恒主人，得闲便是主人。”其语虽俚，却有至理。天下佳山胜水，名花美竹无限，大约富贵人役于名利，贫贱人役于饥寒，总鲜领略及此者。能知足，能得闲，斯为自得其乐，斯为善于摄生也。

心无止息，百忧以感之，众虑以扰之，若风之吹水，使之时起波澜，非所以养寿也。大约从事静坐，初不能妄念尽捐，宜注一念，由一念至于无念，如水之不起波澜。寂定之余，觉有无穷恬淡之意味，愿与世人共之。

阳明[①]先生曰：“只要良知真切，虽做举业[②]，不为心累。且如读书时，知强记之心不是，即克去之。有欲速之心不是，即克去之。有夸多斗靡之心不是，即克去之。如此，亦只是终日与圣贤印对，是个纯乎天理之心。任他读书，亦只调摄此心而已。何累之有？”录此以为读书之法。

汤文正公[③]抚吴时，日给惟韭菜，其公子偶市一鸡，公知之，责之曰：“恶[④]有士不嚼菜根而能作百事者哉？”即遣去，奈何世之肉食者流，竭其脂膏，供其口腹，以为分所应尔，不知甘脆肥腊，乃腐肠之药也。大概受病之始，必由饮食不节。俭以养廉，

① 阳明先生：王守仁，明代哲学家。曾筑室故乡阳明洞中，世称阳明先生。

② 举业：科举时代称应试的诗文为举业。

③ 汤文正公：汤斌，清代理学家，曾任江苏巡抚。

④ 恶：哪里。

淡以寡欲，安贫之道在是，却疾之方亦在是。余喜食蒜，素不食屠门之嚼，食物素从省俭。自芸娘之逝，梅花盒亦不复用矣。庶不为汤公所呵乎！

留侯、邺侯之隐于白云乡①，刘、阮、陶、李之隐于醉乡②。司马长卿以温柔乡隐，希夷先生以睡乡隐③，殆有所托而逃焉者也。余谓白云乡，则近于渺茫，醉乡温柔乡，抑非所以却病而延年，而睡乡为胜矣。妄言息躬，辄造逍遥之境，静寐成梦，旋臻甜适之乡。余时时税驾④，咀嚼其味，但不从邯郸道上向道人借黄粱枕耳。

养生之道，莫大于眠食，菜根粗粝，但食之甘美，即胜于珍馔也。眠亦不在多寝，但实得神凝梦甜，即片刻，亦足摄生也。放翁每以美睡为乐，然睡亦有诀，孙真人云："能息心，自瞑目。"蔡西山云："先睡心，后睡眼。"此真未发之妙。禅师告余伏气，有三种眠法：病龙眠，屈其膝也；寒猿眠，抱其膝也；龟鹤眠，踵其膝也。余少时，见先君子于午餐之后，小睡片刻，灯后治事，精神焕发。余近日亦思法之，午餐后于竹床小睡，入夜果觉清爽，益信吾父之所为一一皆可为法。余不为僧而有僧意，自芸之殁，一切世味，皆生厌心，一切世缘，皆生悲想。奈何颠倒不自痛悔耶！近年与老僧共话无生，而生趣始得。稽首世尊，少忏宿愆⑤，献佛以诗，餐僧以画。画性宜静，诗性宜孤，即诗

① 留侯，汉张良的封爵。邺侯，唐李泌的封爵。白云乡，传说中神仙的居所。
② 刘伶、阮籍、陶渊明、李白都归隐于醉乡。醉乡，言其嗜酒。
③ 希夷：陈抟，宋初道士，宋太祖赐号希夷先生。睡乡，梦中境界。
④ 税驾：停车休息。
⑤ 宿愆：佛教谓生前的罪恶。

与画必悟禅机，始臻超脱也。

【文章小识】　唐代诗人李白有诗云：“浮生若梦，为欢几何?”人们总是对人生苦短、生命易逝发出种种感叹。特别是到了一定的年龄，有了一定的阅历之后，再也不会像少年那样“为赋新词强说愁”，而是会对如烟的往事尽情回味，希望记住生命中那些深深浅浅的印记。沈复写《浮生六记》的时候已经步入中年，萦绕在心头的点点滴滴的回忆不可遏制地要求他把往事记录下来。所以说《浮生六记》是沈复的自传，他用生动的文笔记下了自己所经历的方方面面，字里行间流露出的是作者的审美趣味。这样详尽而生动的自传，在古代是极其罕见的。

由于沈复只是一个名不见经传的文人，他的这本《浮生六记》又不符合封建传统的审美规范，所以一直寂寥无闻。直至清光绪三年(1877)，晚清著名文人王韬的妻兄杨引传在苏州一冷摊上偶得苏州布衣文人沈复的手稿残本《浮生六记》，他与“武林叶桐君刺史、潘麟生茂才、顾云樵山人、陶艺孙明经诸人”，“皆阅而心醉焉”。杨引传遂以活字版排印，是即存于《独悟庵丛钞》中的《浮生六记》初刻本，时距沈复写就《浪游记快》的嘉庆十二年（1807)，虽然已过去了七十年之久，但它终于见到天日了。遗憾的是，《浮生六记》在晚清时期并未获得人们太多的关注，到了光绪三十二年（1906）“小说界革命”期间，苏州《雁来红丛报》将《浮生六记》再次刊出之后，才在社会上逐渐流传开来。“五四”新文学运动时期，《浮生六记》得到了一批现代学术先驱者的青睐，尤其是俞平伯点校本的刊出，使得《浮生六记》走进了学者们的研究殿堂，获得了巨大的声誉，直至今日仍为人们所重视。

《浮生六记》分为闺房记乐、闲情记趣、坎坷记愁、浪游记快、中山记历、养生记道，现存原作仅存前四记，后二记虽也有存本，但一般认为是伪作。文章将“闺房记乐”俨然置于首位，按古时风礼，此似乎不雅，而沈复自有理由：“因思《关雎》篇冠《三百篇》之首，故列夫妇于首卷，余以次递及焉。”于是文章如清泉汩汩涌动出绵绵不尽的温暖庸常。这是纯乎贴切生活的，那种烟熏火燎耳鬓厮磨的生活。

中国文人大凡心底都有一片宁静安和的桃源，那可以是黑暗挣扎中的一份慰藉，可以是山穷水尽处的柳暗花明，可以是求索不得后的一条退路。于是陶潜的东篱菊香浸染了中国文学史古旧的书页，林逋的月影梅魂感动了所有心存桃源的人。沈复一生游离于功名之外，洒脱飘逸，他理想中的桃源就是与他相濡以沫的女人芸娘身处乡野竹篱茅舍间，日出而作日落而息，儿女环绕，共相白头。

芸娘，是长沈复十月的表姐，二人自小青梅竹马，情笃意厚，是传统婚姻中难得的美眷良缘。二人婚后“居沧浪亭爱莲居西间壁”，“课书论古，品月评花”。芸娘娴静清秀，鬓边常有小而白的茉莉花。她喜欢用麻油加些白糖拌卤腐，还喜欢用卤瓜捣烂拌卤腐。她会侍弄花草品茗制香，会刺绣女红相夫教子。一个平凡温柔的传统女子，非同于苏小小的淋漓彻骨，林黛玉的弱柳扶风，柳如是的狂傲放肆。芸娘的美是细水长流的，家常普通的，有一份把日子看长的从容恬淡。她拥有和沈复一样的理想，她理想中的桃源是：

> 买绕屋菜园十亩，课仆妪植瓜蔬，以供薪水，君画我绣，以为诗酒之常。布衣桑饭，可乐终身，不必作远游计也。

芸娘对于“一畦春韭绿，十里稻花香”式的自然生活的神往，正体现她单纯澄澈的稚子之心。难怪连“两脚踏东西文化，一心写宇宙文章”的林语堂也对《浮生六记》推崇备至，将其译作英文后还意犹未尽地叹道：“芸，我想是中国文学中最可爱的女人。”

是的，芸娘的确是一个可爱的女人。可爱的女人可以不十分漂亮，但是不可不兰心蕙质。芸娘颇有林下之风，从小就聪明非常，学语时成诵《琵琶行》，幼年时竟有“秋侵人影瘦，霜染菊花肥”等佳句。她和丈夫一样，对美有更敏感的感知领悟和痴爱，对闲适淡雅的生活有共同的追求。他们时常一起在沧浪亭内邀月对酌，在风帆沙鸟水天一色的太湖烟波里荡舟飘摇，在夏日菡萏初绽时烹泉制茶。月轮隐没可勾起他们的愁情，猫毁盆玩亦能使“两人不禁泪落”。

可爱女人也不可一味贞静贤淑，也能“动如脱兔”，灵动活泼。《闲情记趣》中有一节写到芸娘女扮男装与夫出游，尽得欢娱。古时深闺女子，是绝不可贸然出行的，女子强要出门不得不女扮男装。曾有柳如是于半野堂畔以男子扮相拜会钱谦益，名妓薛燕红作此装扮与恋人龚自珍同行。可见有此为者多为妓家，非良家闺妇耳。然芸娘天性纯良，抵不住企见“花光灯影，宝鼎香浮”的冲动，如幼童偷嘴般易装出闺，何等可爱天真！

正因为可爱天真，她能与船娘结为挚友，甚至满心欢喜地为丈夫寻妾纳妾。古时礼法对妇德规定中确有一条“不妒”，即不论丈夫娶纳几许，为人妻者皆不得怄气生妒。而芸娘却迥异于那些麻木于礼法、漠视真爱的“贤妻德妇”，一切只因她太爱夫君，她要给夫君最丰盛的爱。以至有一日原本答应给沈复做妾的憨园千金别聘时，芸娘竟终以为恨，血疾大发！

然而，一切终究是桃源之梦——桃源，本就是虚无。赤子情怀的芸娘，终因替公公寻找侍妾而触怒婆婆，为小叔借债而遭公公误解等一连串遭遇而失爱翁姑，以致被逐出家门，四处流离。也许她真的不该不知进退地卷入公公纳妾一事，不该多管闲事为三白的弟弟借债作保，不该忘乎所以地在给丈夫的信中称公公为“老人”，更不该庸人自扰和妓女结盟，为丈夫纳妾……总之，这一切的不该，都源于她天性的单纯，因此即使不做错这件事也会做错那件事，所以她会被公婆见弃也是在所难免。

所幸，当她在家中已无立锥之地的时候，她的丈夫毅然陪她一起流亡。古时，还有哪个女子能拥有与丈夫一起流离失所的经历呢？沈复冒着“忤逆”的罪名，放弃安适悠闲的生活，与妻漂泊扶持相依为命，心中分量最重者，唯情耳。芸娘真是何其幸哉！

流离失所的生活在第三篇章《坎坷记愁》中有详细的记载，它迥异于前两章的闲情逸致，展现给我们的是一个“贫贱夫妻百事哀”的惆怅故事。他们先后两次被逐，第一次被逐借住在朋友的“萧爽楼”里，丈夫卖画，妻子女红，日子也还过得去；第二次被逐时芸娘病情已十分沉重，但她还是果断安排了儿女的前途，坚信“两三年内，必当布置团圆”；在锡山华氏家，她病体稍稍康复，又为丈夫筹划前程。可惜无奈命运的翻云覆雨，沉重的打击一次次接踵而来，芸娘终于走向了生命的尽头。

直至二人生离死别，病笃的芸娘“执余手而更欲有言，仅断续叠言‘来世’二字”，阅卷于此，无不两泪茫茫！从此，谁伴三白月明风清，谁共三白花朝雪夕！现实与理想的极大反差和强烈冲突，留下的只是阴阳两隔泪水纵横。沈复只好和血蘸泪地叹息：“奉劝世间夫妇，固不可彼此相仇，亦不可过于情笃。”

原本，那就是个无法“情笃”的年代，用情太深，便有十年生死两茫茫，便有空床卧听南窗雨，便有沈园偏多无情柳。美的诞生，注定其毁灭的命运。美的毁灭，永远是锥心刺骨的疼痛。而芸娘的悲剧将那种惊心动魄捣碎了、研细了，细细铺落于人心上。那细水长流的爱和怨恒久地蜿蜒绵亘于心灵最敏感温柔的水域。这是中国古典的哀愁，开在丁香花中，落在黄梅雨里。

《浪游记快》中的沈复，后期潦倒穷困，在扬州卖画度日。他问守坟者为何“邻冢皆黄，芸墓独青”，人说是芸娘的穴场好，地气旺。沈复只是暗暗祷告："秋风已紧，身尚衣单，卿若有灵，佑我图得一馆，度此残年，以待家乡信息。"读之真令人心酸。何等凄凉的景况——孑然一身飘泊无依的他在寒霜冷露中瑟瑟不已。很难说此刻关于美好昨夕的回忆，终究是反衬萧索晚景的折磨还是安慰累累心伤的温暖。

最后两章《中山记历》、《养生记道》的真伪历来争论不休。1877年(清光绪三年)《浮生六记》手稿被苏州人杨引传在城中旧书摊上发现时只有前四记，以后便竞相传抄。不想到了1936年，世界书局出版的"美化文学名著丛刊"中忽收有足本，当真凑成了"六记"，而第六记却改为不伦不类的"养生记道"。后两记的笔墨完全没有前面的灵动之气，语言也是民国时期报纸上常见的那种浅近文言的笔调。所以学术界也已认定是伪书，只是后人不成功的续作而已。这两卷真稿的缺失的确很可惜，但它也从侧面反映出《浮生六记》的影响之大、流传之广，以至于书商看准商机煞费苦心编撰后两记，以便满足那些迫切希望看到足本的读者的需要。

这篇文章的文笔也十分清新自然。作者志高行洁，崇尚自然，这种品质反映到文章中即是文字雅洁，即使描写新婚之夜这类易入俗套的情节，在沈复笔下也是细腻动情，情趣高雅，真是文如其人。近代文学家王韬赞其"笔墨间缠绵哀感一往情深，于伉俪尤敦笃"；俞平伯则惊叹它"俨如一块纯美的水晶，只见明莹，不见衬露明莹的颜色；只见精微，不见制作精微的痕迹"；而林语堂则盛赞为"古今中外文学中最温柔细腻"的记载。

影梅庵忆语

［清］冒襄

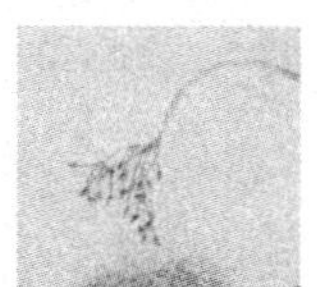

卷　一

爱生于昵，昵则无所不饰。缘饰著爱，天下鲜有真可爱者矣。矧[①]内屋深屏，贮光阒彩，止凭雕心镂质之文人描摹想像，麻姑[②]幻谱，神女[③]浪传。近好事家复假篆声诗，侈谈奇合，遂使西施、夷光[④]、文君、洪度[⑤]，人人阁中有之，此亦闺秀之奇冤，而啖名之恶习已。

亡妾董氏，原名白，字小宛，复字青莲。籍秦淮，徙吴门。在风尘虽有艳名，非其本色。倾盖矢从余，入吾门，智慧才识，种种始露。凡九年，上下内外大小，无忤无间。其佐余著书肥遁，佐余妇精女红，亲操井臼，以及蒙难遘疾，莫不履险如夷，茹苦若饴，合为一人。今忽死，余不知姬死而余死也！但见余妇

① 矧：况且。

② 麻姑：传说中的女仙，见葛洪《神仙传》。

③ 神女：巫山神女，见宋玉《神女赋》。

④ 夷光：越国美女，见晋王嘉《拾遗记》三："越又有美女二人，一名夷光，一名修明，以贡于吴。"

⑤ 洪度：唐代名妓薛涛，字洪度，颇具诗才。

茕茕粥粥[1]，视左右手罔措也。上下内外大小之人，咸悲酸痛楚，以为不可复得也。传其慧心隐行，闻者叹者，莫不谓文人义士难与争俦也。

余业为哀辞数千言哭之，格于声韵不尽悉，复约略纪其概。每冥痛沉思姬之一生，与偕姬九年光景，一齐涌心塞眼，虽有吞鸟梦花[2]之心手，莫能追述。区区泪笔，枯涩黯削，不能自传其爱，何有于饰？矧姬之事余，始终本末，不缘狎昵。余年已四十，须眉如戟。十五年前，眉公先生谓余视锦半臂碧纱笼，一笑瞠若，岂至今复效轻薄子漫谱情艳，以欺地下？倘信余之深者，因余以知姬之果异，赐之鸿文丽藻，余得藉手报姬，姬死无恨，余生无恨。

己卯初夏，应试白门，晤密之，云："秦淮佳丽，近有双成[3]，年甚绮，才色为一时之冠。"余访之，则以厌薄纷华，挈家去金阊矣。嗣下第，浪游吴门，屡访之半塘，时逗留洞庭不返。名与姬颉颃[4]者，有沙九畹、杨漪照。予日游两生间，独咫尺不见姬。将归棹，重往冀一见。姬母秀且贤，劳余曰："君数来矣，予女幸在舍，薄醉未醒。"然稍停，复他出，从花径扶姬于曲栏，与余晤。面晕浅春，缬眼流视，香姿五色，神韵天然，懒慢不交一语。余惊爱之，惜其倦，遂别归，此良晤之始也。时姬年十六。

---

① 茕茕粥粥：指失去同伴孤独无依的神情。粥粥，鸟相呼声。

② 吞鸟梦花：比喻文人的文思丰富。

③ 双成：董双成，传说中的仙女。因小宛姓董，故以双成比之。

④ 颉颃：鸟上下飞腾的样子。引申为不相上下的意思。

庚辰夏，留滞影园，欲过访姬。客从吴门来，知姬去西子湖，兼往游黄山白岳，遂不果行。辛巳早春，余省觐去衡岳，由浙路往，过半塘讯姬，则仍滞黄山。许忠节公赴粤任，与余联舟行。偶一日，赴饮归，谓余曰：“此中有陈姬[①]某，擅梨园之胜，不可不见。”余佐忠节公治舟数往返，始得之。其人淡而韵，盈盈冉冉，衣椒茧时，背顾湘裙，真如孤鸾之在烟雾。是日演弋腔《红梅》，以燕俗之剧，咿呀啁哳之调，乃出之陈姬身口，如云出岫，如珠在盘，令人欲仙欲死。漏下四鼓，风雨忽作，必欲驾小舟去。余牵衣订再晤，答云：“光福梅花如冷云万顷，子越旦偕我游否？则有半月淹也。”余迫省觐，告以不敢迟留故，复云：“南岳归棹，当迟子于虎疁丛桂间。盖计其期，八月返也。”余别去，恰以观涛日奉母回。至西湖，因家君调已破之襄阳，心绪如焚，便讯陈姬，则已为窦霍豪家[②]掠去，闻之惨然。及抵阊门，水涩舟胶，去浒关十五里，皆充斥不可行。偶晤一友，语次有“佳人难再得”之叹。友云：“子误矣！前以势劫会者，赝某也。某之匿处，去此甚迩，与子偕往。”至果得见，又如芳兰之在幽谷也。相视而笑曰：“子至矣，子非雨夜舟中订芳约者耶？曩感子殷勤，以凌遽不获订再晤。今几入虎口，得脱，重赠子，真天幸也。我居甚僻，复长斋，茗碗炉香，留子倾倒于明月桂影之下，且有所商。”余以老母在舟，缘江楚多梗，率健儿百馀护行，皆住河干，矍矍欲返。甫黄昏而炮械震耳，击炮声如在余舟旁，亟星驰回，则中贵争持河道，与我兵斗。解之始去。自此余不复

① 陈姬：名妓陈圆圆。

② 窦霍豪家：窦、霍皆为汉武帝时的豪门贵族，在此借指皇亲国戚。

登岸。越旦，则姬淡妆至，求谒吾母太恭人，见后仍坚订过其家。乃是晚，舟仍中梗，乘月一往，相见，卒然曰："余此身脱樊笼，欲择人事之。终身可托者，无出君右。适见太恭人，如覆春云，如饮甘露，真得所天。子毋辞！"余笑回："天下无此易易事。且严亲在兵火，我归，当弃妻子以殉。两过子，皆路梗中无聊闲步耳。子言突至，余甚讶。即果尔，亦塞耳坚谢，无徒误子。"复宛转云："君倘不终弃，誓待君堂上画锦旋[①]。"余答曰："若尔，当与子约。"惊喜申嘱，语絮絮不悉记，即席作八绝句付之。

归历秋冬，奔驰万状，至壬午仲春，都门政府言路诸公，恤劳人之劳，怜独子之苦，驰量移[②]之耗，先报余。时正在毗陵，闻音，如石去心，因便过吴门慰陈姬。盖残冬屡趋余，皆未及答。至则十日前复为窦霍门下客以势逼去。先，吴门有昵之者，集千人哗动劫之。势家复为大言挟诈，又不惜数千金为贿。地方恐贻伊戚，劫出复纳入。余至，怅惘无极，然以急严亲患难，负一女子无憾也。是晚壹郁，因与友觅舟去虎疁夜游。明日，遣人至襄阳，便解维归里。

舟一过桥，见小楼立水边。偶询游人："此何处？何人之居？"友以双成馆对。余三年积念，不禁狂喜，即停舟相访。友阻云："彼前亦为势家所惊，危病十有八日，母死，鐍户不见客。"余强之上，叩门至再三，始启户，灯火阒如。宛转登楼，则药饵满几榻。姬沉吟询何来，余告以昔年曲栏醉晤人。姬忆，

---

① 锦旋：妻寄夫的书信为锦旋。

② 量移：古时典制，贬官于僻远之地，后酌情移任略近京畿之州县。

泪下曰："曩君屡过余，虽仅一见，余母恒背称君奇秀，为余惜不共君盘桓。今三年矣，余母新死，见君忆母，言犹在耳。今从何处来？"便强起，揭帷帐审视余，且移灯留坐榻上。谈有顷，余怜姬病，愿辞去。牵留之曰："我十有八日寝食俱废，沉沉若梦，惊魂不安。今一见君，便觉神怡气王。"旋命其家具酒食，饮榻前。姬辄进酒，屡别屡留，不使去。余告之曰："明朝遣人去襄阳，告家君量移喜耗。若宿卿处，诘旦不能报平安。俟发使行，宁少停半刻也。"姬曰："子诚殊异，不敢留。"遂别。

越旦，楚使行，余亟欲还，友人及仆从咸云："姬昨仅一倾盖，拳切不可负。"仍往言别，至则姬已妆成，凭楼凝睇，见余舟傍岸，便疾趋登舟。余具述即欲行，姬曰："我装已成，随路相送。"余却不得却，阻不忍阻。由浒关至梁溪、毗陵、阳羡、澄江，抵北固，越二十七日，凡二十七辞，姬惟坚以身从。登金山，誓江流曰："委此身如江水东下，断不复返吴门！"余变色拒绝，告以期迫科试，年来以大人滞危疆，家事委弃，老母定省俱违，今始归，经理一切。且姬吴门责逋[①]甚众，金陵落籍，亦费商量，仍归吴门，俟季夏应试，相约同赴金陵。秋试毕，第与否，始暇及此，此时缠绵，两妨无益。姬仍踌躇不肯行。时五木[②]在几，一友戏云："卿果终如愿，当一掷得巧。"姬肃拜于船窗，祝毕，一掷得"全六"，时同舟称异。余谓果属天成，仓卒不臧[③]，反偾[④]乃事，不如暂去，徐图之。不得已，始掩面痛哭，

① 责逋：债务拖欠。
② 五木：古代赌博的工具。
③ 不臧：不好，不得。
④ 偾：败。

失声而别。余虽怜姬，然得轻身归，如释重负。

才抵海陵，旋就试。至六月抵家。荆人对余曰：“姬令其父力已过江来，姬返吴门，茹素[①]不出，惟翘首听金陵偕行之约。闻言心异，以十金遣其父去曰：‘我已怜其意而许之，但令静俟毕场事后，无不可耳。’”余感荆人相成相许之雅，遂不践走使迎姬之约，竟赴金陵，俟场后报姬。金桂月三下之辰，余方出闱，姬猝到叶寓馆。盖望余耗不至，孤身挈一妪，买舟自吴门江行。遇盗，舟匿芦苇中，舵损不可行，炊烟遂断三日。初入抵三山门，又恐扰余首场文思，复迟二日始入。姬见余虽甚喜，细述别后百日茹素杜门与江行风波盗贼惊魂状，则声色俱凄，求归愈固。时魏塘、云间、闽、豫诸同社，无不高姬之识，悯姬之诚，咸为赋诗作画以坚之。

场事既竣，余妄意必第，自谓此后当料理姬事，以报其志。讵十七日，忽传家君舟抵江干，盖不赴宝庆之调，自楚休致[②]矣。时已二载违养，冒兵火生还，喜出望外，遂不及为姬谋去留，竟从龙潭尾家君舟抵銮江。家君阅余文。谓余必第，复留之銮江候榜。姬从桃叶寓馆仍发舟追余，燕子矶阻风，几复罹不测，重盘桓銮江舟中。七日，乃榜发，余中副车[③]，穷日夜力归里门，而姬痛哭相随，不肯返，且细悉姬吴门诸事，非一手足力所能了。责逋者见其远来，益多奢望，众口狺狺[④]。且严亲甫归，余复下

① 茹素：吃素。

② 休致：官吏年老去职。

③ 副车：乡试的副榜贡生。按当时的规定，副榜贡生不能参加会试，但下科仍可应试。

④ 狺狺：犬吠声。

第意阻，万难即诣。舟抵郭外朴巢，遂冷面铁心，与姬诀别，仍令姬返吴门，以厌责逋者之意，而后事可为也。

阳月过润州，谒房师郑公，时闽中刘大行自都门来，陈大将军及同盟刘刺史饮舟中。适奴子自姬处来。云：姬归不脱去时衣，此时尚方空在体。谓余不速往图之，彼甘冻死。刘大行指余曰："辟疆夙称风义。固如负一女子耶？"余云："黄衫押衙，非富平仙客所能自力。"刺史举杯奋袂曰："若以千金恣我出入，即于今日往！"陈大将军立贷数百金，大行以参数[①]斤佐之。讵谓刺史至吴门，不善调停，众哗决裂，逸去吴江。余复还里，不及讯。

姬孤身维谷，难以收拾。虞山宗伯闻之，亲至半塘，纳姬舟中。上至荐绅[②]，下及市井，纤悉大小，三日为之区画立尽，索券盈尺。楼船张宴，与姬饯于虎疁，旋买舟送至吾皋。至至月之望，薄暮侍家君饮于拙存堂，忽传姬抵河干。接宗伯书，娓娓洒洒，始悉其状，且即驰书贵门生张祠部立为落籍[③]。吴门后有细琐，则周仪部终之，而南中则李宗宪旧为礼垣者与力焉。越十月，愿始毕，然后往返葛藤，则万斛心血所灌注而成也。

壬午清和晦日，姬送余至北固山下，坚欲从渡江归里。余辞之，益哀切，不肯行。舟泊江边，时西先生毕今梁寄余夏西洋布一端，薄如蝉纱，洁比雪艳。以退红为里，为姬制轻衫，不减张丽华桂宫霓裳也。偕登金山，时四五龙舟冲波激荡而上，山中游

① 参：同"三"。

② 荐绅：官宦。

③ 落籍：旧时妓女都记录名册，要从良需从名册中除名，称落籍。

人数千，尾余二人，指为神仙。绕山而行，凡我两人所止则龙舟争赴，回环数匝不去。呼询之，则驾舟者皆余去秋浙回官舫长年也。劳以鹅酒，竟日返舟，舟中宣瓷大白盂，盛樱珠数斤，共啖之，不辨其为樱为唇也。江山人物之盛，照映一时，至今谈者侈美。

卷　二

秦淮中秋日，四方同社诸友感姬为余不辞盗贼风波之险，间关[①]相从，因置酒桃叶水阁。时在座为眉楼顾夫人、寒秀斋李夫人，皆与姬为至戚，美其属余，咸来相庆。是日新演《燕子笺》[②]，曲尽情艳。至霍华离合处，姬泣下，顾、李亦泣下。一时才子佳人，楼台烟水，新声明月，俱足千古，至今思之，不啻游仙枕上梦幻也。

銮江汪汝为园亭极盛，而江上小园，尤收拾江山胜概。壬午鞠月[③]之朔，汝为曾延予及姬于江口梅花亭子上。长江白浪拥象，奔赴杯底，姬轰饮巨叵罗[④]，觞政明肃，一时在座诸姬皆颓唐溃逸。姬最温谨，是日豪情逸致，则余仅见。

乙酉，余奉母及家眷流寓盐官，春过半塘，则姬之旧寓固宛

① 间关：道路崎岖难行。

② 《燕子笺》：明阮大铖所作的传奇。阮大铖虽为人不齿，但他创作的传奇却在当时广为流行。

③ 鞠月：指九月。“鞠”同“菊”。

④ 叵罗：酒卮。

然在也。姬有妹晓生，同沙九畹登舟过访，见姬为余如意珠[1]，而荆人贤淑，相视复如水乳，群美之，群妒之。同上虎丘，与予指点旧游，重理前事，吴门知姬者咸称其俊识，得所归云。

鸳鸯湖上，烟雨楼高。逶迤而东，则竹亭园半在湖内，然环城四面，名园胜寺，夹在渚层而潋滟者，皆湖也。游人一登烟雨楼，遂谓已尽其胜，不知浩瀚幽渺之致，正不在此。与姬曾为竟日游，又共追忆钱塘江下桐君严濑、碧浪苍岩之胜，姬更云新安山水之逸，在人枕灶间，尤足乐也。

虞山宗伯送姬抵吾皋，时侍家君饮于家园，仓卒不敢告严君。又侍饮至四鼓，不得散。荆人不待余归，先为洁治别室，帷帐、灯火、器具、饮食，无一不顷刻具。酒阑见姬，姬云："始至正不知何故不见君，但见婢妇簇我登岸，心窃怀疑，且深恫骇。抵斯室，见无所不备。旁询之，始感叹主母之贤，而益快经岁之矢相从不误也。"自此姬扃别室，却管弦，洗铅华，精学女红，恒月余不启户。耽寂享恬，谓骤出万顷火云，得憩清凉界，回视五载风尘，如梦如狱。居数月，于女红无所不妍巧，锦绣工鲜。刺巾裾如虮无痕，日可六幅。剪彩织字，缕金回文，各厌其技，针神针绝，前无古人已。

姬在别室四月，荆人携之归。入门，吾母太恭人与荆人见而爱异之，加以殊眷。幼姑长姊尤珍重相亲，谓其德性举止均非常人。而姬之侍左右，服劳承旨，较婢妇有加无已。烹茗剥果，必手进；开眉解意，爬背喻痒。当大寒暑，折胶铄金[2]时，必拱立

① 如意珠：无价之宝。

② 折胶铄金：比喻严寒和酷暑的天气。

座隅，强之坐饮食，旋坐旋饮食，旋起执役，拱立如初。余每课两儿文，不称意，加夏楚①，姬必督之改削成章，庄书以进，至夜不懈。越九年，与荆人无一言枘凿②。至于视众御下，慈儿不遑，咸感其惠。余出入应酬之费与荆人日用金错泉布③，皆出姬手。姬不私铢两，不爱积蓄，不制一宝粟钗钿。死能弥留，元旦次日，求见老母，始瞑目，而一身之外，金珠红紫尽却之，不以殉，洵称异人。

余数年来欲裒集四唐诗，购全集，类逸事，集众评，列人与年为次第，每集细加评选。广搜遗失，成一代大观。初、盛稍有次第，中、晚有名无集、有集不全，并名、集俱未见者甚夥。《品汇》六百家，大略耳，即《纪事本末》千余家，名姓稍存，而诗不具。《全唐诗话》更觉寥寥。芝隅先生序《十二唐人》，称豫章大家，藏中、晚未刻集七百余种。孟津王师向余言：买灵宝许氏《全唐诗》数车满载，即囊流寓盐官胡孝辕职方批阅唐人诗，剞劂④工费，需数千金。僻地无书可借，近复裹足牖下，不能出游购之，以此经营搜索，殊费工力，然每得一帙，必细加丹黄。他书有涉此集者，皆录首简，付姬收贮。至编年论人，准之《唐书》。姬终日佐余稽查抄写，细心商订，永日终夜，相对忘言。阅诗无所不解，而又出慧解以解之。尤好熟读《楚辞》，少陵，义山，王建、花蕊夫人、王珪三家宫词，等身之书，周回左右，午夜衾枕间，犹拥数十家《唐书》而卧。今秘阁尘封，余不

① 夏楚：古代扑责之具。
② 枘凿：比喻不相容。
③ 金错泉布：古代钱币的名称。
④ 剞劂：雕版。

忍启，将来此志，谁克与终？付之一叹而已。

犹忆前岁余读《东汉》，至陈仲举、范、郭诸传，为之抚几，姬一一求解其始末，发不平之色，而妙出持平之议，堪作一则史论。

乙酉客盐官，尝向诸友借书读之，凡有奇僻，命姬手抄。姬于事涉闺阁者，则另录一帙。归来与姬遍搜诸书，续成之，名曰《奁艳》。其书之瑰异精秘，凡古人女子，自顶至踵，以及服食器具、亭台歌舞、针神才藻，下及禽鱼鸟兽，即草木之无情者，稍涉有情，皆归香丽。今细字红笺，类分条析，俱在奁中。客春顾夫人远向姬借阅此书，与龚奉常极称其妙，促绣梓[1]之。余即当忍痛为之校雠鸠工[2]，以终姬志。

姬初入吾家，见董文敏为余书《月赋》仿钟繇笔意者，酷爱临摹，嗣遍觅钟太傅诸帖学之。阅《戎格表》称关帝君为贼将，遂废钟学《曹娥碑》，日写数千字，不讹不落。余凡有选摘，立抄成帙，或史或诗，或遗事妙句，皆以姬为绀珠[3]。又尝代余书小楷扇，存戚友处，而荆人米盐琐细，以及内外出入，无不各登手记，毫发无遗。其细心专力，即吾辈好学人鲜及也。

姬于吴门曾学画未成，能做小丛寒树，笔墨楚楚，时于几砚上辄自图写，故于古今绘事，别有殊好。偶得长卷小轴与笥中旧珍，时时展玩不置。流离时宁委奁具，而以书画捆载自随。来后尽裁装潢，独存纸绢，犹不得免焉，则书画之厄，而姬之嗜好，真且至矣。

---

① 绣梓：即雕版。

② 校雠鸠工：此言校对并纠集工匠雕版印刷。

③ 绀珠：记事珠。相传唐开元间宰相张说有一枚绀珠，持弄此珠，能记起遗忘之事。

卷　三

姬能饮，自入吾门，见余量不胜蕉叶①，遂罢饮，每晚侍荆人数杯而已，而嗜茶与余同性。又同嗜界片②。每岁半塘顾子兼择最精者缄寄，具有片甲蝉翼之异。文火细烟，小鼎长泉，必手自吹涤。余每诵左思《娇女诗》“吹嘘对鼎钖”之句，姬为解颐。至“沸乳看蟹目鱼鳞，传瓷选月魂云魄”，尤为精绝。每花前月下，静试对尝，碧沉香泛，真如木兰沾露，瑶草临波，备极卢、陆之致。东坡云：“分无玉碗捧蛾眉。”余一生清福，九年占尽，九年折尽矣。

姬每与余静坐香阁，细品名香。宫香诸品淫，沉水香俗。俗人以沉香著火上，烟扑油腻，顷刻而灭。无论香之性情未出。即著怀袖，皆带焦腥。沉香坚致而纹横者，谓之“横隔沉”，即四种沉香内隔沉横纹者是也，其香特妙。又有沉水结而未成，如小笠大菌，名“蓬莱香”，余多蓄之。每慢火隔砂，使不见烟，则

---

① 蕉叶：浅口酒杯，形似蕉叶得名。

② 界片：茶名，产于浙江长兴。

阁小皆如风过伽楠[①]，露沃蔷薇，热磨琥珀，酒倾犀斝[②]之味，久蒸衾枕间，和以肌香，甜艳非常，梦魂俱适。外此则有真西洋香方，得之内府[③]，迥非肆料[④]。丙戌客海陵，曾与姬手制百丸，诚闺中异品，然爇时亦以不见烟为佳，非姬细心秀致，不能领略到此。黄熟出诸番，而真腊[⑤]为上，皮坚者为黄熟桶，气佳而通；黑者为隔箋黄熟。近南粤东莞茶园村土人种黄熟，如江市之艺茶，树矮枝繁，其香在根。自吴门解人剔根切白，而香之松朽尽削，油尖铁面尽出。余与姬客半塘时，知金平叔最精于此。重价数购之，块者净润，长曲者如枝如虬，皆就其根之有结处随纹镂出，黄云紫绣，半杂鹧鸪斑，可拭可玩。寒夜小室，玉帏四垂，毾㲪[⑥]重叠，烧二尺许绛蜡二三枝，陈设参差，堂几错列，大小数宣炉，宿火常热，色如液金粟玉。细拨活灰一寸，灰上隔砂选香蒸之，历半夜，一香凝然，不焦不竭，郁勃氤氲，纯是糖结。热香间有梅英半舒，荷鹅梨蜜脾之气，静参鼻观。忆年来共恋此味此境，恒打晓钟尚未著枕，与姬细想闺怨，有斜倚薰篮，拨尽寒炉之苦，我两人如在蕊珠众香深处，令人与香气俱散矣。安得返魂一粒，起于幽房扃室中也！

一种生黄香，亦从枯肿朽痈中取其脂凝脉结、嫩而未成者。余尝过三吴白下，遍收筐箱中，盖面大块，与粤客自携者，甚有

---

① 伽楠：一种香料。

② 犀斝：犀牛角制的酒器。

③ 内府：皇宫的仓库，后通称皇宫的物品为内府之物。

④ 肆料：市场上可购得的物品。

⑤ 真腊：即柬埔寨。

⑥ 毾㲪：毛毯。

大根株尘封如土，皆留意觅得，携归，与姬为晨夕清课，督婢子手自剥落，或斤许仅得数钱，盈掌者仅削一片，嵌空镂剔，纤悉不遗，无论焚蒸，即嗅之，味如芳兰，盛之小盘，层撞中色殊香别，可弄可餐。曩曾以一二示粤友黎美周，讶为何物，何从得如此精妙？即《蔚宗传》中恐未见耳。又东莞以女儿香为绝品，盖土人拣香，皆用少女。女子先藏最佳大块，暗易油粉，好事者复从油粉担中易出。余曾得数块于汪友处，姬最珍之。

余家及园亭，凡有隙地，皆植梅，春来早夜出入，皆烂漫香雪中。姬于含蕊时，先相枝之横斜与几上军持相受，或隔岁便芟剪得宜，至花放恰采入供，即四时草花竹叶，无不经营绝慧，领略殊清，使冷韵幽香，恒霏微于曲房斗室，至秾艳肥红，则非其所赏也。秋来犹耽晚菊，即去秋病中，客贻我“剪桃红”①，花繁而厚，叶碧如染，浓条婀娜，枝枝具云罨风斜之态。姬扶病三月，犹半梳洗，见之甚爱，遂留榻右，每晚高烧翠蜡，以白团②回六曲，围三面，设小座于花间，位置菊影，极其参横妙丽。始以身入，人在菊中，菊与人俱在影中。回视屏上，顾余曰：“菊之意态足矣，其如人瘦何？”至今思之，淡秀如画。

闺中蓄春兰九节及建兰。自春徂秋，皆有三湘七泽③之韵，沐浴姬手，尤增芳香。《艺兰十二月歌》皆以碧笺手录粘壁。去冬姬病，枯萎过半。楼下黄梅一株，每腊万花，可供三月插戴。去冬姬移居香俪园静摄，数百枚不生一蕊，惟听五鬣④涛声，增

---

① 剪桃红：名贵菊花名。

② 白团：扇子的一种。

③ 三湘七泽：泛指楚地，在今湖北、湖南一带。

④ 鬣：松针。

其凄响而矣。

姬最爱月，每以身随升沉为去住。夏纳凉小苑，与幼儿诵唐人咏月及流萤纨扇诗，半榻小几，恒屡移以领月之四面。午夜归阁，仍推窗延月于枕簟间，月去复卷幔倚窗而望。语余曰："吾书谢希逸《月赋》，古人'厌晨欢，乐宵宴'，盖夜之时逸，月之气静，碧海青天，霜缟冰净，较赤日红尘，迥隔仙凡。人生攘攘，至夜不休，或有月未出已齁睡者，桂华露影，无福消受。与子长历四序，娟秀浣洁，领略幽香，仙路禅关，于此静得矣。"李长吉诗云："月漉漉，波烟玉。"姬每诵此三字，则反复回环，日月之精神气韵光景，尽于斯矣。人以身入波烟玉世界之下，眼如横波，气如湘烟，体如白玉，人如月矣，月复似人，是一是二，觉贾长江"倚影为三"之语尚赘，至"淫耽"、"无厌"、"化蟾"之句，则得玩月三昧矣。

姬性淡泊，于肥甘一无嗜好，每饭，以岕茶一小壶温淘，佐以水菜、香豉数茎粒，便足一餐。余饮食最少，而嗜香甜及海错风薰之味，又不甚自食，每喜与宾客共尝之。姬知余意，竭其美洁，出佐盘盂，种种不可悉记，随手数则，可睹一斑也。酿饴为露，和以盐梅，凡有色香花蕊，皆于初放时采渍之。经年香味、颜色不变，红鲜如滴，而花汁融液露中，入口喷鼻，奇香异艳，非复恒有。最娇者为秋海棠露。海棠无香，此独露凝香发。又俗名断肠草，以为不食，而味美独冠诸花。次则梅英、野蔷薇、玫瑰、丹桂、甘菊之属。至橙黄、橘红、佛手、香橼，去白缕丝，色味更胜。酒后出数十种，五色浮动白瓷中，解酲消渴，金茎仙掌，难与争衡也。取五月桃汁、西瓜汁，一穰一丝漉尽，以文火煎至七八分，始搅糖细炼，桃膏如大红琥珀，瓜膏可比金丝内糖，每酷暑，姬必手取示洁，坐炉边静看火候成膏，不使焦枯，分浓淡为数种，此尤异色异味也。制豉，取色取气先于取味，豆黄九晒九洗为度，果瓣皆剥去衣膜，种种细料，瓜杏姜桂，以及酿豉之汁，极精洁以和之。豉熟擎出，粒粒可数，而香气酣色殊味，迥与常别。红乳腐烘蒸各五六次，内肉既酥，然后剥其肤，益之以味，数日成者，绝胜建宁三年之蓄。他如冬春水盐诸菜，能使黄者如蜡，碧者如落。蒲藕笋蕨、鲜花野菜、枸蒿蓉菊之类，无不采入食品，芳旨盈席。火肉久者无油，有松柏之味。风鱼久者如火肉，有麂鹿之味。醉蛤如桃花，醉鲟骨如白玉，油鲳如鲟鱼，虾松如龙须，烘兔酥雉如饼饵，可以笼而食之。菌脯如鸡粽，腐汤如牛乳。细考之食谱，四方郇厨[①]中一种偶异，即加访求，而又以慧巧变化为之，莫不异妙。

甲申三月十九日之变[②]，余邑清和望后，始闻的耗。邑之司命者[③]甚懦，豺虎狰狞踞城内，声言焚劫，郡中又有兴平兵四溃之警。同里绅衿大户，一时鸟兽骇散，咸去江南。余家集贤里，世恂让，家君以不出门自固。阅数日，上下三十余家，仅我处有炊烟耳。老母、荆人惧，暂避郭外，留姬侍余。姬扃内室，经纪衣物、书画、文券，各分精粗，散付诸仆婢，皆手书封识。群横日劫，杀人如草，而邻右人影落落如晨星，势难独立，只得觅小舟，奉两亲，挈家累，欲冲险从南江渡澄江北。一昼夜六十里，

① 郇厨：唐代韦陟袭封郇国公，精制饮食，时称“郇厨”。

② 甲申三月十九日之变：崇祯十七年（公元 1644 年）三月十九日，李自成领导的农民起义军攻占北京，崇祯帝在煤山（今景山）吊死。

③ 邑之司命者：在此借指地方官吏。

抵泛湖州朱宅，江上已盗贼蜂起，先从间道[①]微服送家君从靖江行，夜半，家君向余曰："途行需碎金，无从办。"余向姬索之，姬出一布囊，自分许至钱许，每十两可数百小块，皆小书轻重于其上，以便仓卒随手取用。家君见之，讶且叹，谓姬何暇精细及此！

维时[②]诸费较平日溢十倍尚不肯行，又迟一日，以百金雇十舟，百余金募二百人护舟。甫行数里，潮落舟胶，不得上。遥望江口，大盗数百人据六舟为犄角。守隘以俟，幸潮落，不能下逼我舟。朱宅遣有力人负浪踏水驰报曰："后岸盗截归路，不可返，护舟二百人中且多盗党。"时十舟哄动，仆从呼号垂涕。余笑指江上众人曰："余三世百口咸在舟。自先祖及余祖孙父子，六七十年来居官居里，从无负心负人之事，若今日尽死盗手，葬鱼腹，是上无苍苍，下无茫茫矣！潮忽早落，彼此舟停不相值，便是天相。尔辈无恐，即舟中敌国，不能为我害也。"先夜拾行李登舟时，思大江连海，老母幼子，从未履此奇险，万一阻石尤，欲随路登岸，何从觅舆辆？三鼓时以二十金付沈姓人，求雇二舆一车、夫六人。沈与众咸诧异笑之，谓"明早一帆，未午便登彼岸，何故黑夜多此难寻无益之费？"倩榜人募舆夫，观者绝倒。余必欲此二者，登舟始行，至斯时虽神气自若，然进退维谷，无从飞脱，因询出江未远果有别口登岸通泛湖洲者？舟子曰："横去半里有小路六七里，竟通彼。"余急命鼓楫至岸，所募舆车三事，恰受俯仰七人。余行李婢妇，尽弃舟中。顷刻抵朱宅，众始

① 间道：僻静的小路。

② 维时：维，发语词。时，此时。

叹余之夜半必欲水陆兼备之为奇中也。大盗知余中遁，又朱宅联络数百人为余护发行李人口，盗虽散去，而未厌其志，待江上法网不到，且值无法之时，明集数百人，遣人谕余：以千金相致，否则竟围朱宅，四面举火。余复笑答曰："盗愚甚，尔不能截我于中流，乃欲从平陆数百家中火攻之，安可得哉？"然泛湖洲人名虽相卫，亦多不轨。余倾囊召阖庄人付之，令其夜设牲酒，齐心于庄外备不虞。数百人饮酒分金，咸去他所，余即于是夜一手扶老母，一手曳荆人，两儿又小，季甫生旬日，同其母付一信仆偕行，从庄后竹园深箐中蹒跚出，维时更无能手援姬。余回顾姬曰："汝速蹴步，则尾余后，迟不及矣！"姬一人颠连趋蹶，仆行里许，始仍得昨所在舆辆，星驰至五鼓，达城下，盗与朱宅之不轨者未知余全家已去其地也。然身脱而行囊大半散矣。姬之珍爱尽失焉。姬返舍谓余，当大难时，首急老母，次急荆人、儿子、幼弟为是。彼即颠连不及，死深箐中无憾也。午节返吾庐，衽金革[①]与城内枭獍[②]为伍者十旬，至中秋，始渡江入南都[③]。别姬五阅月，残腊乃回，挈家随家君之督漕任。去江南，嗣寄居盐官。因叹姬明大义、达权变如此，读破万卷者有是哉？

乙酉流寓盐官，五月复值崩陷[④]，余骨肉不过八口，去夏江上之累，缘仆妇杂沓奔赴，动至百口，又以笨重行李四塞舟车，故不能轻身去。且来窥瞯[⑤]，此番决计置生死于度外，扃户不他

① 金革：指战争。

② 枭獍：比喻忘恩负义之人。

③ 南都：即南京，李自成攻占北京后，马士英拥立福王在南京建立南明政权。

④ 复值崩陷：指五月南都被攻破，清军复下江浙。

⑤ 窥瞯：窥视。此句意为如此看来。

之。乃盐官城中，自相残杀，甚哄，两亲又不能安，复移郭外大白居。余独令姬率婢妇守寓，不发一人一物出城，以贻身累。即侍两亲、挈妻子流离，亦以孑身往。乃事不如意，家人行李纷沓违命而出。大兵迫檇李[1]，薙发之令初下，人心益皇皇。家君复先去惹山，内外莫知所措，余因与姬决："此番溃散，不似家园，尚有左右之者，而孤身累重，与其临难舍子，不若先为之地。我有年友，信义多才，以子托之，此后如复相见，当结平生欢，否则听子自裁，毋以我为念。"姬曰："君言善。举室皆倚君为命，复命不自君出，君堂上膝下，有百倍重于我者，乃以我牵君之臆。非徒无益，而又害之。我随君友去，苟可自全，誓当匍匐[2]以俟君回；脱有不测，前与君纵观大海，狂澜万顷，是吾葬身处也！"方命之行，而两亲以余独割姬为憾，复携之去。自此百日，皆辗转深林僻路、茅屋渔艇。或一月徙，或一日徙，或一日数徙，饥寒风雨，苦不具述，卒于马鞍山遇大兵，杀掠奇惨，天幸得一小舟，八口飞渡，骨肉得全，而姬之惊悸瘁瘏[3]，至矣尽矣！

① 檇李：嘉兴别称。

② 匍匐：竭力，全力。

③ 瘁瘏：因劳致病。

卷　四

秦溪蒙难之后，仅以俯仰八口免，维时仆婢杀掠者几二十口，生平所蓄玩物及衣贝，靡孑遗矣。乱稍定，匍匐入城，告急于诸友，即襆被不办。夜假荫于方坦庵年伯。方亦窜迹初回，仅得一毡，与三兄共裹卧耳房。时当残秋，窗风四射。翌日，各乞斗米束薪于诸家，始暂迎二亲及家累返旧寓，余则感寒，痢疟沓作矣。横白板扉为榻，去地尺许，积数破絮为卫，炉煨桑节，药缺攻补。且乱阻吴门，又传闻家难剧起①，自重九后溃乱沉迷，迄冬至前僵死，一夜复苏，始得间关破舟，从骨林肉莽中冒险渡江。犹不敢竟归家园，暂栖海陵。阅冬春百五十日，病方稍痊。此百五十日，姬仅卷一破席，横陈榻边，寒则拥抱，热则披拂②，痛则抚摩。或枕其身，或卫其足，或欠伸起伏，为之左右翼，凡病骨之所适，皆以身就之。鹿鹿③永夜，无形无声，皆存视听。

① 家难剧起：指乙酉年十二月如皋遗民暴乱。

② 披拂，指扇风。

③ 鹿鹿：同“碌碌”，即漫漫长夜。

汤药手口交进，下至粪秽，皆接以目鼻，细察色味，以为忧喜。日食粗粝一餐，与吁天稽首外，惟跪立我前，温慰曲说，以求我之破颜。余病失常性，时发暴怒，诟谇三至，色不少忤，越五月如一日。每见姬星靥如蜡，弱骨如柴，吾母太恭人及荆妻怜之感之，愿代假一息。姬曰："竭我心力，以殉夫子。夫子生而余死犹生也；脱夫子不测，余留此身于兵燹间，将安寄托?"更忆病剧时，长夜不寐，莽风飘瓦，盐官城中，日杀数十百人。夜半鬼声啾啸，来我破窗前，如蛩如箭。举室饥寒之人皆辛苦齁睡，余背贴姬心而坐，姬以手团握余手，倾耳静听，凄激荒惨，欷歔流涕。姬谓余曰："我入君门整四岁，早夜见君所为，慷慨多风义，毫发几微，不邻薄恶，凡君受过之处，惟余知之亮之，敬君之心，实逾于爱君之身，鬼神赞叹畏避之身也。冥漠有知，定加默佑。但人生身当此境，奇惨异险，动静备历，苟非金石，鲜不销亡！异日幸生还，当与君敝屣[①]万有，逍遥物外，慎毋忘此际此语！"噫吁嘻！余何以报姬于此生哉！姬断断非人世凡女子也。

丁亥，谗口铄金[②]，太行千盘，横起人面，余胸坟五岳，长夏郁蟠[③]，惟早夜焚二纸告关帝君。久抱奇疾，血下数斗，肠胃中积如石之块以千计。骤寒骤热，片时数千语，皆首尾无端，或数昼夜不知醒。医者妄投以补，病益笃，勺水不入口者二十余日，此番莫不谓其必死。余心则炯炯然，盖余之病不从境入也。姬当大火铄金时，不挥汗，不驱蚊，昼夜坐药炉旁，密伺余于枕

① 敝屣：破鞋，此处指抛弃。
② 谗口铄金：谗言能使金子熔化。此处指遭仇人诬陷，险遭拘捕一事。
③ 此句意为胸中仿佛压着五座大山，整个夏天心里充满了忧郁。

边足畔六十昼夜，凡我意之所及与意之所未及，咸先后之。己丑秋，疽发于背，复如是百日。余五年危疾者三，而所逢者皆死疾，惟余以不死待之，微姬力，恐未必能坚以不死也。今姬先我死，而永诀时惟虑以伊死增余病，又虑余病无伊以相侍也，姬之生死为余缠绵如此，痛哉痛哉！

余每岁元旦，必以一岁事卜一签于关帝君前。壬午名心甚剧，祷看签首第一字，得"忆"字，盖"忆昔兰房分半钗，如今忽把音信乖。痴心指望成连理，到底谁知事不谐"。余时占玩不解，即占全词，亦非功名语，比遇姬，清和晦日，金山别去，姬茹素归，虔卜于虎疁关帝君前，愿以终身事余，正得此签。秋过秦淮，述以相告，恐有不谐之叹，余闻而讶之，谓与元旦签合。时友人在坐，曰："我当为尔二人合卜于西华门。"则仍此签也。姬愈疑惧，且虑余见此签中懈，忧形于面，乃后卒满其愿。"兰房"、"半钗"、"痴心"、"连理"，皆天然闺阁中语，"到底"、"不谐"，则今日验矣。嗟呼！余有生之年，皆长相忆之年也。"忆"字之奇，呈验若此！

姬之衣饰，尽失于患难，归来淡足，不置一物。戊子七夕，看天上流霞，忽欲以黄跳脱①摹之，命余书"乞巧"二字，无以属对，姬云："曩于黄山巨室，见覆祥云真宣炉，款式佳绝，请以'覆祥'对'乞巧'。"镌摹颇妙。越一岁，钏忽中断，复为之，恰七月也，余易书"比翼"、"连理"。姬临终时，自顶至踵，不用一金珠纨绮，独留跳脱不去手，以余勒书故。长生私语②，

① 跳脱：手镯一类的臂饰。

② 长生私语：指唐明皇和杨贵妃七夕时在长生殿的窃窃情话。

乃太真死后，凭洪都客[①]述寄明皇者，当日何以率书[②]，竟令《长恨》再谱也！

姬书法秀媚，学钟太傅稍瘦，后又学《曹娥》。余每有丹黄[③]，必对泓颖[④]，或静夜焚香，细细手录。闺中诗史成帙，皆遗迹也。小有吟咏，多不自存。客岁新春二日，即为余抄写《全唐五七言绝句》上下二卷，是日偶读七岁女子"所嗟人异雁，不作一行归"之句，为之凄然下泪。至夜和成八绝，哀声怨响，不堪卒读。余挑灯一见，大为不怿[⑤]，即夺之焚去，遂失其稿。伤哉异哉！今岁恰以是日长逝也。

客春三月，欲重去盐官，访患难相恤诸友。至邗上，为同社所淹。时余正四十，诸名流咸为赋诗，龚奉常独谱姬始末，成数千言，《帝京篇》、《连昌宫》不足比拟。奉常云："子不自注，则余苦心不见。如'桃花瘦尽春醒面'七字，绾合己卯醉晤、壬午病晤两番光景，谁则知者？"余时应之，未即下笔。他如园次之"自昔文人称孝子，果然名士悦倾城"、于皇之"大妇同行小妇尾"、孝威之"人在树间殊有意，妇来花下却能文"、心甫之"珊瑚架笔香印屧，著富名山金屋尊"、仙期之"锦瑟蛾眉随分老，芙蓉园上万花红"、仲谋之"君今四十能高举，羡尔鸿妻佐春杵"、吾邑徂徕先生"韬藏经济一巢朴，游戏莺花两阁和"、元

① 洪都客：给杨玉环招魂的方士。

② 率书：轻率地书写。此处表明冒襄悔恨七夕时不该在董小宛的腕钏上镌刻"比翼"、"连理"。

③ 丹黄：点校书籍所用的两种颜色。

④ 泓颖：清澈的水。

⑤ 不怿：不快。

旦之“蛾眉问难佐书帏”，皆为余庆得姬，讵谓我侑卮[①]之辞，乃姬誓墓之状邪？读余此杂述，当知诸公之诗之妙，而去春不注奉常诗，盖至迟之今日，当以血泪和隃麋[②]也。

三月之杪，余复移寓友沂“友云轩”。久客卧雨，怀家正剧。晚霁，龚奉常偕于皇、园次过慰留饮，听小奚管弦度曲，时余归思更切，因限韵各作诗四首。不知何故，诗中咸有商音[③]。三鼓别去，余甫著枕，便梦还家，举室皆见，独不见姬。急询荆人，不答。复遍觅之，但见荆人背余下泪。余梦中大呼曰：“岂死耶？”一恸而醒。姬每春必抱病，余深疑虑，旋归，则姬固无恙，因间述此相告。姬曰：“甚异！前亦于是夜梦数人强余去，匿之幸脱，其人尚狺狺不休也。”讵知梦真而诗谶[④]咸来先告哉？

【文章小识】　这是一篇怀人之作，是作者冒襄为了悼念死去的爱妾董小宛而作的一篇回忆性的散文。斯人已去，但是作者与爱妾董小宛九年的种种生活情景却历历在目，挥之不去，于是有感而发，写下了这篇饱含深情与血泪的文章。作者一生所著颇丰，但都不及这篇文章流传久远，深入人心。何也？一则是因为文章抒写的是作者的真情实感，二则是因为文章中所忆之人董小宛是一个传奇式的经典人物。

文章的女主人公董小宛，既是历史上实有之人物，又被许多文人附会了种种美丽的传说。应该说，作者笔下的董小宛才是最真实可信的。他如实地记下了董小宛的美丽与多情，也如实记下了他对董小宛的种种

---

① 侑卮：劝酒。
② 隃麋：古县名，在今陕西千阳东，以产墨著名，后世以之为墨的代称。
③ 商音：五音之一，曲调凄切悲凉，与秋天肃杀之气相应。
④ 诗谶：以诗来预言吉凶。

薄情和亏欠，所以说与其说这是一本回忆录，不如说是一本忏悔录。

作者和董小宛的姻缘会合并不是那种俗套似的“才子佳人，一见钟情”的故事，而起先是“落花有意，流水无情”，中间是曲曲折折、波折不断，最后才“守得云开见月明”。如果不是董小宛的果敢和坚持以及复社文人的鼎力协助，这段姻缘早已付诸于流水。

起初作者冒襄心仪之人乃是陈姬。陈姬也是历史上一个了不得的人物，她就是使辽东总督吴三桂“冲冠一怒为红颜”的陈圆圆。虽然冒襄早已邂逅过董小宛，也曾为她的“香姿玉色”沉迷，但是一见到风流婉转的陈圆圆就“拳拳不能释”，早把董小宛抛之于脑后。再见陈圆圆，就有纳之为妾的意思。但是由于父亲还处在危险之中，无暇他顾。等到父亲初步脱离险境，他就迫不及待地去寻访陈圆圆。无奈陈圆圆已经被豪强所夺。“怅惘无极”真是冒襄的肺腑之言，足见他“佳人难再得”之憾。

冒襄再见董小宛乃是在情场失意、百无聊赖的旅途之中。此时他仍无意接纳董小宛，但董小宛却有追随冒襄之意。董小宛的钟情也不是无缘无故的。一则当时有见识的名妓已经预感到明朝大厦将倾，“山雨欲来风满楼”，纷纷择良木而栖，以求自保，而且南京旧院早有“家家夫婿是东林”的传统，与东林文人结合是最好的归宿；再则此时她正身处逆境，孤苦伶仃，卧病在床，冒襄的探望和关心无疑给了她极大的精神慰藉，所以她说：“我十有八日寝食俱废，沉沉若梦，惊魂不安。今一见君，便觉神怡气王。”冒襄就是她的及时雨，给了她近乎起死回生的力量，所以从此她认定了冒襄，坚意委身相从。但是“落花有意，流水无情”，冒襄却顾虑重重，一再推诿。这也不能怪冒襄的薄情寡义，爱情本来就是一个很奇妙的东西，并不是真心付出就一定会有回报，有时候往往只是一个人的独角戏，只能说那时的董小宛还不足以让冒襄爱上自己。

他们最终能够结合得益于董小宛的坚持和冒襄友人的帮助。在这场并不完美的爱情角逐中，董小宛始终扮演的是一个主动的角色。考虑到当时女性在爱情婚姻生活中往往都是充当被动的角色，把自己的终身幸福交给“父母之命，媒妁之言”，可以说主动追求爱情的董小宛当时是“敢为天下女子先”的。她以一弱柔之躯，逐江流、冒风险，几度三番，冒险追随，即使遭遇盗寇、断炊也毫不动摇。她的义无反顾也许还不足以使冒襄排除他们之间的种种障碍，纳之入门，但是却感动了冒襄身边的朋友。那些可爱又仗义的朋友们不遗余力扫除阻碍他们结合的种种障碍，使他们终成眷属。

文章并没有到此戛然而止，也没有落入另一个俗套，结婚以后并不意味着从此男女主人公就过上了幸福的生活。从冒襄的回忆自述，虽然董小宛的婚后生活表面上看来是夫妻琴瑟和谐，全家“咸称其意”，但是其中的辛苦与冷暖只有董小宛自己知道。作为一位出生风尘的女子，进入官族之门，如果不能俯首低眉，取悦上下，那地位自然岌岌可危。所以她只能“却管弦、洗铅华”，一扫曲院中人的生活习惯，服劳承旨、亲操杵臼，谦恭慈让，一心学习传统的“妇德”。读到“当大寒暑，折胶铄金时，必拱立座隅，强之坐饮食，旋坐旋饮食，旋起执役，拱立如初”这些片断，我们就不难想象她在冒府过的是“步步留心，时时在意”的日子。待到清兵南下，她跟随冒襄一家辗转逃难，历经艰辛。在最危险的时候却成了最先被抛弃的对象，这也不能全怪冒襄的薄情，应该说这时的冒襄已经对董小宛有了很深的感情，只是在当时封建礼法森严的社会，父母大于妻子儿女，而妾比妻子儿女的地位更低，所以自然是会被最先抛弃的。董小宛也心甘情愿地说：“当大难时，首急老母，次急荆人、儿子、幼弟为是。彼即颠连不及，死深箐中无憾也。”最后还是冒襄的父母念及董小宛往日的恩情，使她避免了被舍弃的命运。最感人的还是她在冒襄病重的时候，衣不解带，日夜服伺，几次把冒襄从死神手中夺回。文章写到“此百五十日，姬仅卷一破席，横陈榻边，寒则拥抱，热则披拂，痛则抚摩。或枕其身，或卫其足，或欠伸起伏，为之左右翼，凡病骨之所适，皆以身就之。鹿鹿永夜，无形无声，皆存视听。汤药手口交进，下至粪秽，皆接以目鼻，细察色味，以为忧喜。日食粗粝一餐，与吁天稽首外，惟跪立我前，温慰曲说，以求我之破颜。余病失常性，时发暴怒，诟谇三至，色不少忤，越五月如一日”，“当大火铄金时，不挥汗，不驱蚊，昼夜坐药炉旁，密伺余于枕边足畔六十昼夜，凡我意之所及与意之所未及，咸先后之”……她如此尽心尽力，不但深深感动了自己的丈夫，也使我们读者为之动容。

冒襄和董小宛的爱情也许并不是完美的，但确是真实的。没有“一见钟情”的开头，也没有“白头到老”的结局，但是他们九年的夫妻生活却不乏“琴瑟和谐”和“诗情画意”的片断。冒襄汇编评注《全唐诗》，董小宛成了他的得力助手，两人经常一起伏案工作，“稽查抄写，细心商订，永日终夜，相对忘言”。不仅如此，她在编书过程中还专门收集有关古今妇女生活的种种记录，编成了“瑰异精秘”的《奁艳》一书。他们还一起品茶谈诗，“每花前月下，静试对尝，碧沉香泛，真如木兰沾露，瑶草临波，备极卢陆之致”；一起“静坐香阁，细品名香”。难怪冒襄回忆起他和董小宛在一起的点点滴滴，会发出如此感叹：“余一生清福，九年占尽，九年折尽矣。”

由于《忆语》中对小宛在冒家时的一言一行，都写得很周到，但对她的死亡却语焉不详，所以引起了人们的种种猜测。由于文章末尾写到冒襄移居“友云轩”，夜半三更梦见还家，举室皆见，独不见董小宛，焦急地询问妻子董小宛何在，妻子不答，还背着自己黯然下泪，似乎有难言之隐。于是冒襄梦中大呼曰：“岂死耶？”一恸而醒。而回来之后，董小宛也说做了一个不祥之梦，梦见自己被强人掠走。因此有人推断董小宛是被掳入宫为清世祖顺治宠妃。这显然有些牵强附会，因为董小宛比顺治大十四岁，此时的顺治还是一个小小少年。

《忆语》对小宛之死，确未作详尽的记载，而对治学、品茗之类，却琐琐写来，不厌其详。这又是什么原因呢？原因之一便是他早已写过两千多字的哀辞。《忆语》开头时，有自述其写作动机云："余业为哀辞数千言哭之，格于声韵不尽悉，复约略纪其概。每冥痛思姬之一生，与姬偕九年光景，一齐涌心塞眼。"这是说，小宛死后，他先作了数千言的哀辞，因限于韵文，不能详记，故又作《忆语》。余怀《板桥杂记》也说："辟疆作《影梅庵忆语》、二千四百言（哀辞）哭之。"既然已经有一篇哀辞，《忆语》就不再耗费笔墨了，所以就把董小宛之死做弱化处理，而宕开笔墨去记述董小宛生前种种形状。如果还有其他原因，恐怕就是董小宛之死让冒襄不胜凄哀，不忍心再去回忆如此生离死别的惨状，所以就语焉不详了。

香畹楼忆语

[清]陈裴之

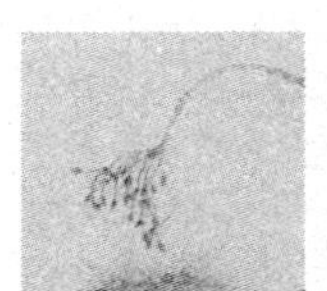

丁丑冬朔，家大人[①]自崇疆受代[②]归，筹海积劳，抱恙甚剧。太夫人扶病侍病，自冬徂春，衣不解带，参术无灵，群医束手。余时新病甫起，乃泣祷于白莲桥华元化先生祠，愿减己算，以益亲年。闺人允庄[③]复于慈云大士前誓愿长斋绣佛，并偕余日持《观音经》若干卷，奉行众善。乃荷元化先生赐方四十九剂，服之，病始次第愈，自此，夫妇异处者四年。允庄方选明诗，复得不寐之疾，左灯右茗，夜手一编，每至晨鸡喔喔，犹未就枕，自虑心耗体孱，不克仰事俯育。常致书其姨母高阳太君、嫂氏中山夫人，为余访置篷室[④]，余坚却之。

嗣知吴中湘雨、伫云、兰语楼诸姬，皆有"愿为夫子妾"之意，历请堂上为余纳之。余固以为不可。盖大人乞禄养亲，怀冰服政，十年之久，未得真除[⑤]，相依为命者千余指，待以举火者数十家。重亲在堂，年逾七秩，恒有世途荆棘，宦海波澜之感。余四踏槐花[⑥]，辄成康了[⑦]，方思投笔，以替仔肩[⑧]。满堂兮美

① 家大人：即作者的父亲陈文述。清代著名文人。
② 受代：旧时官吏去职叫受代。
③ 允庄：即作者的妻子汪端。清代女诗人。
④ 篷室：妾室。
⑤ 真除：旧时官吏试用期满，拜授实职叫真除。
⑥ 四踏槐花：指四次参加科举考试。
⑦ 康了：旧时考试落第的隐语。
⑧ 仔肩：担当，负责。

人，独与余兮目成。射工[1]伺余，固不欲冒此不韪。且绿珠碧玉，徒侈艳情，温凊定省，孰能奉吾老母者？采兰树萱，此事固未容草草也。

金陵有停云主人者，红妆之季布[2]也。珍其弱息[3]，不异掌珠，谬采虚声，愿言倚玉。申丈白甫暨晴梁太史，为宣芳愫，余复赋诗谢之曰：

肯向天涯托掌珠，含光佳侠意何如。
桃花扇底人如玉，珍重侯生一纸书。

新柳雏莺最可怜，怕成薄幸杜樊川。
重来纵践看花约，抛掷春光已十年。

生平知己属明妆，争讶吴儿木石肠。
孤负画兰年十五，又传消息到王昌。

催我空江打桨迎，误人从古是浮名。
当筵一唱琴河曲，不解梅村负玉京。

白门杨柳暗栖鸦，别梦何尝到谢家。
惆怅郁金堂外路，西风吹冷白莲花。

---

① 射工：传说中的毒虫。
② 季布：汉初楚地著名的游侠。
③ 弱息：称自己的女儿。

此诗流传，为紫姬见之，激扬赞叹。絮果兰因[①]，于兹始茁矣。

孟陬下浣[②]，将游淮左。道出秣陵，初见紫姬于纫秋水榭。时停云娇女幼香将有所适，仲澜骑尉招与偕来。余与紫姬相见之次，画烛流辉，玉梅交映，四目融视，不发一言。仲澜回顾幼香，笑述《董青莲传》[③] 中语曰："主宾双玉有光，所谓月流堂户者，非耶？"余量不胜蕉，姬偕坐碧梧庭院，饮以佳茗，絮絮述余家事甚悉。余讶诘之，低鬟微笑曰："识之久矣！前读君寄幼香之作，缠绵悱恻，如不胜情。今将远嫁，此君误之也，宜赋诗以志君过。"时幼香甫歌《牡丹亭·寻梦》一出，姬独含毫蘸墨，拂楮授余，余亦怦然心动，振管疾书曰：

休问冰华旧镜台，碧云日暮一徘徊。
锦书白下传芳讯，翠袖朱家解爱才。
春水已催人早别，桃花空怨我迟来。
闲翻张泌《妆楼记》，孤负莺期第几回？

却月横云画未成，低鬟扰鬓见分明。
枇杷门巷飘灯箔，杨柳帘栊送笛声。
照水花繁禁著眼，临风絮弱怕关情。

① 絮果兰因：美好的前因，离散的后果。
② 孟陬下浣：农历正月下旬。
③ 《董青莲传》：即《董小宛传》。

如何墨会灵箫侣，却遭匆匆唱《渭城》。

如花美眷水流年，拍到红牙共黯然。
不奈闲情酬浅盏，重烦纤手语香弦。
堕怀明月三生梦，入画春风半面缘。
消受珠栊还小坐，秋潮漫寄鲤鱼笺。

一剪孤芳艳楚云，初从香国拜湘君。
侍儿解捧红丝研，年少休歌白练裙。
桃叶微波王大令，杏花疏雨杜司勋。
关心明镜团圞约，不信扬州月二分。

姬读至末章，慨然曰："夙闻君家重亲之慈，夫人之贤，君辄有否无可。人或疑为薄幸，此皆非能知君者。堂上闺中终年抱恙，窥君郑重之意，欲得人以奉慈闱耳。"因即饯余诗曰：

烟柳空江拂画桡，石城潮接广陵潮。
几生修到人如玉，同听箫声廿四桥。

月落乌啼，霜浓马滑，摇鞭径去，黯然魂销。

湖荫独游，新绿如梦。啜茗看花，殊有春风人面之感。忽从申丈处得姬芳讯，倚阑循诵，纪之以诗曰：

二月春情水不如，玉人消息托双鱼。

眼中翠嶂三生石，袖底金陵一纸书。
寄向江船回棹后，写从妆阁上灯初。
樱桃花淡宵寒浅，莫遣银屏鬓影疏。

嗣是重亲[①]惜韩香之遇[②]，闺人契胜璠之才，搴芳结缡[③]，促践佳约。余曰："一面之缘，三生之诺。必秉慈命而行，庶免唐突西子。"允庄曰："昨闻诸堂上云：'紫姬深明大义，非寻常金粉可比。'申年丈不获与偕，蹇修[④]之事，六一令君可任也。"秋季八夕，乃挂霜帆。重阳渡江，风日清美，白下诸山，皆整黛环迎楫矣。

六一令君将赴之江新任。闻姬父母言姬雅意属余，倩传冰语[⑤]，因先访余于丁帘水榭。诧曰："从来名士悦倾城，今倾城亦悦名士。联珠合璧，洵非偶然。余滞燕台久矣，今自三千里外捧檄而归，端为成此一段佳话尔。"余袖出申丈书示之，令君掀髯曰："父母之命，媒妁之言，足为蘼芜[⑥]、媚香[⑦]一辈人扬眉生色矣。"既以姬素性端重，不欲余打桨亲迎，令君乃属其夫人，与姬母伴姬，乘虹月舟连樯西下。小泊瓜洲，重亲更遣以香车画

① 重亲：祖母。

② 韩香之遇：名妓韩香与将军之子一见钟情，因将军反对，遂自刎而死。见冯梦龙《情史》。

③ 搴芳结缡：成全男女之间的婚事。

④ 蹇修：媒妁。

⑤ 冰语：古时媒人为冰人，作媒提亲之语为冰语。

⑥ 蘼芜：名妓柳如是。

⑦ 媚香：名妓李香君。

鹢[1]迎归焉。

姬同怀[2]十人，长归铁岭方伯，次归天水司马，次归汝南太守，次归清河观察，次归陇西参军，次归乐安氏，次归清河氏，次未字而卒，次归鸳湖大尹，姬则含苞最小枝也。蕙绸居士序余《梦玉词》曰："闻紫姬初归君时，秦淮诸女郎皆激扬叹羡。以姬得所归，为之喜极泪下，如董青莲故事。渤海生《高阳台》词句有曰'素娥青女遥相妒，妒婵娟最小，福慧双修。'论者皆以为实录。"姬亦语余云："饮饯之期，姻娅[3]咸集。绿窗私语，佥有后来居上之叹。"其姊归清河氏者，为人尤放诞风流。偶与其嫂氏闰湘、玉真论及身后名，辄述李笠翁《秦淮健儿传》中语曰："此事须让十弟，我九人无能为也。"两行红粉服其诙谐吐属之妙。

吴中女郎明珠，偶有相属之说，安定考功戏语申丈曰："云生朗如玉山[4]，所谓仙露明珠者，岂能方斯朗润耶？"告以姬事，考功笑曰："十全上工，庶疗相如之渴耳！"盖亦知姬行十，故以此相戏云。

余朗玉房瓶兰，先茁同心并蒂花一枝，允庄曰："此国香之征也。"因为姬营新室，署曰"香畹楼"，字曰"畹君"。余因赋《国香词》曰：

---

① 画鹢：船头画鹢鸟的船。
② 同怀：志趣相投，此处指青楼姐妹。
③ 姻娅：连襟，姐妹丈夫的互称。
④ 玉山：比喻人品德仪容之美。因作者别号"朗玉山人"，故有此语。

悄指冰瓯，道绘来倩影，浣尽离愁。回身抱成双笑，竟体香收。拥髻《离骚》倦读，劝搴芳人下西洲。琴心逗眉语，叶样娉婷，花样温柔。

比肩商略处，是兰金小篆，翠墨初钩。几番孤负，赢得薄幸红楼。紫凤娇衔楚佩，惹莲鸿争妒双修。双修漫相妒，织锦移春，倚玉纫秋。

一时词场耆隽[①]，如平阳太守、延陵学士、珠湖主人、桐月居士，皆有和作。畹君极赏余词，曰：“君特叔夏[②]，此为兼美。”余素不工词，吹花嚼蕊，嗣作遂多。闺人请以“梦玉”名词，且笑曰：“桃李宗师，合让扫眉才子[③]矣。”

闺中之戏，恒以指上螺纹验人巧拙。俗有一螺巧之说。余左手食指仅有一螺。紫姬归余匝月，坐绿梅窗下，对镜理妆。闺人姊妹戏验其左手食指，亦仅一螺也。粉痕脂印，传以为奇。重闱[④]闻之笑曰：“此真可谓巧合矣！”

莲因女士雅慕姬名，背摹“惜花小影”见贻。衣退红衫子，立玉梅花下。珊珊秀影，仿佛似之。时广寒外史有“香畹楼院本”之作，余因兴怀本事，纪之以词曰：

省识春风面。忆飘灯，琼枝照夜，翠禽啼倦。艳雪生香花解语，不负山温水软。况密字珍珠难换。同听箫声催打

---

① 耆隽：技艺高超的人。

② 叔夏：张炎，南宋词人，字叔夏，其词典雅清空。

③ 扫眉才子：指有文才的女子。

④ 重闱：旧指祖父母。此处但指祖母。

桨，寄回文大妇怜才惯。消尽了，紫钗怨。

歌场艳赌桃花扇。买燕支，闲摹妆额，更烦娇腕。抛却鸳衾兜凤舄，髫子颓云乍绾。只冰透鸾绡谁管？记否吹笙蟾月底，劝添衣悄向回廊转。香影外，那庭院。

姬读之，笑授画册曰："君视此影颇得神似否？"乃马月娇[①]画兰十二帖，怀风抱月，秀绝尘寰。帧首题"紫君小影"四字，则其嫂氏闰湘手笔。是册固闰湘所藏，以姬归余为庆，临别欣然染翰，纳之女儿箱中者。余欲寿之贞珉[②]，姬愀然曰："香闺韵事，恒虑为俗口描画。"余乃止。

蔻香阁狂香浩态，品为花中芍药。尝语芳波大令曰："姊妹花中如紫夫人者，空谷之幽芳也。色香品格，断推第一。天生一云公子非紫夫人不娶，而紫夫人亦非云公子不属，奇缘仙偶，郑重分明，实为天下银屏间人吐气。我辈飘花零叶，堕于藩溷[③]也宜哉！"芳波每称其言，辄为叹息不置。

捧花生撰《秦淮画舫录》，以倚云阁主人为花首，此外事多失实，人咸讥之。余以公羁秣陵，仲澜招访倚云，一见辄呼余字曰："此服媚国香者也。"仲澜与余皆愕然。时一大僚震余名，遇事颇为所厄，后归以语姬，姬笑曰："大僚震君之名而挤君，倚云识君之字而企君，彼录定为花首也固宜。"

余受知于彭城都转，请于阁部节使，檄理真州水利，并以库

① 马月娇：名妓马湘兰。
② 贞珉：石刻碑铭的美称。
③ 藩溷：篱笆和厕所。

藏三十七万责余司其出纳。余固辞不可，公愠曰："我知子猷守兼优，故以相托。有所避就，未免蹈取巧之习矣。"余曰："不司出纳，诚蹈取巧之实。苟司出纳，必蒙不肖之名。事必于私无染，而后于公有裨。此固由素性之迂拘，亦所以报明公知己之感也。"公察其无他，乃止。时自戟门归，已深夜，闺人方与姬坐香畹楼玩月，闺人诘知归迟之故，喜曰："君处脂膏而不润，足以报彭城矣。"姬曰："人浊我清，必撄众忌。严以持己，宽以容物，庶免牛渚之警[①]乎？"余夫妇叹为要言不烦。

余旧撰《秦淮画舫录》序曰：

仲澜属为捧花生《秦淮画舫录》弁言，仓卒未有以应也。延秋之夕，蕊君招集兰语楼，焚香读画，垂帘鼓琴，相与低徊者久之。蕊君叩余曰："媚香往矣，《桃花扇》乐府，世艳称之，如侯生者，君以为佳偶耶？抑怨偶耶？"余曰："媚香却聘[②]，不负侯生，生之出处，有愧媚香者多矣。然则固非佳偶也！"蕊君颔之，复曰："蘼芜以妹喜衣冠[③]，为湘真所距，苟矢之曰：'风尘弱质，见屏清流，愿蹈泖湖以终尔。'湘真感之，或不忍其为虞山所浼乎？"余曰："此蘼芜之不幸，亦湘真之不幸也。横波侍宴，心识石翁，后亦卒为定山所误，坐让葛嫩武功，独标大节，弥可悲已。卿不见九畹之兰乎？湘人佩之而益芳，群蚁趋之而即败，所遇殊也。

---

① 牛渚之警：身处险要之地，要随时保持警惕。

② 媚香却聘：指名妓李香君退掉阮大铖送来的妆奁一事。

③ 妹喜衣冠：指名妓柳如是女扮男装一事。

如卿净洗铅华，独耽词翰，尘弃轩冕，屣视金银，驵侩[1]下材，齿冷久矣。然而文人无行，亦可寒心，即如虞山、定山、壮悔当日，主持风雅，名重党魁，已非涉猎词章，聊浪花月、号为名士者可比，卒至晚节颓唐，负惭红袖，何如杜书记青楼薄幸，尚不致误彼婵媛也。仆也古怀郁结，畴与为欢？未及中年，已伤哀乐。悉卿怀抱，旷世秀群。窃虑知己晨星，前盟散雪；母骄钱树，郎冒璧人。弦绝阳春之音，金迷长夜之饮。而木石吴儿，且将以不入耳之言，来相劝勉曰：'使卿有身后名，不如生前一杯酒。'嗟乎！薰莸合器，臭味差池；鹣鲽[2]同群，蹉跎不狎。语以古今，能无河汉哉？"蕊君沾巾拥髻，殆不胜情。余亦移就灯花，黯然罢酒。维时仲澜索序甚殷，蕊君然脂拂楮，请并记今夕之语。夫白门柳枝，青溪桃叶。辰楼顾曲，丁帘醉花。江南佳丽，由来尚已。迨至故宫禾黍，旧苑沧桑。名士白头，美人黄土。此余淡心《板桥杂记》所由作也。今捧花生际承平之盛，联裙屐之游。跌宕湖山，甄综花叶。华灯替月，抽觞掀笛之天；画舫凌波，拾翠眠香之地。南朝金粉，北里烟花。品艳柔乡，摅怀璠翰。淡心《杂记》，自难专美于前。窃谓轻烟淡粉间，当有如蕊君其人者，两君试以斯文示之，并语以蘼芜、媚香往事，不知有感于蕊君之言而为之结眉破粉否也？

此一时伫兴之作，忽忽不甚记忆。迨姬归余后，允庄谈次戏

① 驵侩：牲口交易的经纪人。
② 鹣鲽：比喻夫妻恩爱。

余曰："君当日以他人酒杯，浇自己块垒[1]。兴酣落笔，慨乎言之。苟至今日，敢谓秦无人耶？"苕妹曰："兄生平佳遇虽多，然皆申礼防以自持，不肯稍涉苟且轻薄之行。今得紫君，天之报兄者亦至矣。"闺侣咸为首肯。

秋影主人，中年却扫[2]，炉熏茗碗，拥髻微吟，花社灵光，出尘不染。后来之秀，羸崇礼焉。先是，香霓阁有随鸦之举，主人苦口箴之，闻姬属余，庆得所归，恒求识面。申丈介余修相见礼，笑曰："十君玉骨珊珊，迩应益饶丰艳耶。蕴珠抱璞，早审不凡。具此识英雄眼，尤为扫眉人生色矣。"归宣其言，姬为莞尔。

邗当要冲，冠盖云集。余自趋庭问绢[3]，曰鲜宁晷。堂上于奇寒深夜命姬假寐俟余。姬仍剪灯温茗，围炉端坐以待。诘晨复辨色理妆，次第诣长者起居。夙兴夜寐，历数年如一日焉。

姬将适余，偶与倚红、听春辈评次青容院本，或吟《香祖楼》警句，或赏《四弦秋》关目，姬独举《雪中人》"可人夫婿是秦嘉，风也怜他，月也怜他"数语，吟讽不辍。唐甥桂仙侍鬟改子笑曰："十姑此时固应心契此语。"金钗四座赏为知言。余前年于役彭城，寄姬词有曰："踢冰瘦马投荒驿，负了卿怜惜。累卿风雪忆天涯，休说可人夫婿是秦嘉。"盖指此也。嗣于下相道中寄姬词曰：

---

① 块垒：心中郁结的不平之气。见《世说新语·任诞》。

② 却扫：不再扫路迎客，即闭门谢客。

③ 趋庭问绢：此处指去拜谒前辈或清正廉洁的长官并受他们的教导。

霜月当头圆复缺。跃马弯弓，那怪常离别。约了归期今又不，关山只识无啼鴂。

何事沾膺双泪热。帐下悲歌，竟未生同穴。忍与归时灯畔说。五更一骑冲风雪。

南州朱夫人为写《行香子》，晚翠庵主即书原词于上，姬每一捧诵，感泪弥衿，凄咽之音，如听柳绵芳草矣。余幼涉韬钤，长延豪俊，然如清河君之忠义廉立者，颇不易覯。长白尚衣，锐欲治枭，禁暴除害，致书阁部，谓燕赵壮士，江淮异人，恩威部勒，非余莫任。余启阁部曰："无恒产而有恒心者，惟士为能。鸡鸣狗盗之雄，为饥所驱，不知择业，铤而走险，患莫大焉。广庇博施，知有不逮。然能储一有用之材，即可弭一无形之祸。"阁部深嘉是言，且曰："即以禽枭而论，以毒攻毒，兵法亦当如是也。"忠信所格，景响[①]孔殷，姬曰："鹰飞好杀，龙性难驯，胆大心细，愿味斯言。"且以余驭下少严，渊鱼廪鼠，察诘不详，怡词巽语，时得韦弦[②]之助云。

淮南以浚河停运，余请于堂上，创为移梱之议，节使与彭城公咸庆安枕，真州贤士，歌诗以侈美之。归逼岁除，颇形闷损，姬曰："储课乂民，颂声洋溢，残年风雪，不负此行，哪有辜负香衾之憾？"

芜城绮节，慈命设宴璧月楼前。姬偕闺侣，香阶侠拜，更解

① 景响：如影随形，如响留声。见荀子《富国》。

② 韦弦：有益的规劝。

绡臂怜爱缕，遣鬟密置鸱吻。吾杭谓刍尼[1]衔以成梁，可渡星河灵匹[2]也。萼姊戏裁冰縠绘并头兰桂界姬。向月绣之，镂金错采，巧夺针神，余巾箱检玩，珍逾蔡氏金棱矣。

癸未仲春，太夫人患病危亟。姬辄焚香告天，愿以身代。余时奉檄驻工，星夜驰归。祷于太平桥元化先生祠，赐方三剂而愈。姬因代余持观音斋，以报春晖，至殁不替。

姬与余情爱甚挚，而耻为忮嫉之行。是以香影阁赠余鬟花绡帕，香霏阁赠余冰纨杂佩，秋雯阁赠余瓜瓤绣缕，姬皆什袭[3]藏之。又香霏阁寄余雕笼蝈蝈一枚，姬尤豢爱不释，曰："窥墙掷果，皆属人情，苟非粉郎香掾，又谁过而问之者？"

余取次花丛，屡为摩登所摄，爰赋《柳梢青》词以谢之曰：

曳雪牵云，玉笼鹦鹉，唤掩重门。曲曲回阑，疏疏帘影，也够销魂。

愁看照眼浓春。添多少，香痕泪痕。默默寻思，生生孤负，无数黄昏。

休蹙双蛾，鬘华倩影，好伴维摩。娇倚香篝，话残银烛，闲煞衾窝。

更无人唱回波。只怕惹，情多恨多。叶叶花花，鹣鹣鲽鲽，此愿难么？

---

① 刍尼：梵语，即喜鹊。

② 灵匹：神仙匹偶，指牵牛、织女二星。

③ 什袭：把物品重重叠叠地包裹起来。

允庄曰："风流道学，不触不背，当是众香国中无上妙法。"姬曰："飘藩堕溷，千古伤心，君能现身接引①，亦是情天善果。"余曰："安得金屋千万间，大庇天下美人皆欢颜耶？"姬亦为之冁然。

余以乌鸟之私②，惧官远域；牛马之走，历著微劳。黄扉辱国士之知，丹诏沐勤能之谕。纶音甫逮，吏议随之。絜养衔恩，未甘废弃。长途冰雪，小队弓刀。急景凋年，重尝艰险。维时允庄忽染奇疾，淹笃积旬。姬乃鸡鸣而起，即诣环花阁褰帷问夜来安否，亲为涂药。进匕后，始理膏沐。扶持调护，寝馈俱忘。语余世母谯国太君曰："夫人贤孝，闺中之曾闵③也，设有不讳，必重伤堂上心，而贻夫子忧。稽首慈云，妾愿以身先之尔。"余时寄迹于东阳参军绛云仙馆，曾附书尾寄以近词曰：

年来饱识江湖味，今番怎添凄惋？远树薶烟，残鸦警雪，人在黄昏孤馆。更长梦短。便梦到红楼，也防惊转。雁唳霜空，故乡何事尺书断。　　书来倍萦别恨，道闺人小病，罗带新缓。茗火煎愁，兰烟抱影，不是卿卿谁伴？怜卿可惯。况一口红霞，黛蛾慵展。漫忆扬州，断肠人更远。

姬时已得咯血症，讳疾不言，渐致沈笃。余以定省④久睽，

① 接引：佛教谓佛引导众生入西方净土为接引。
② 乌鸟之私：旧称乌鸦反哺，即赡养父母。
③ 曾闵：曾参、闵子骞，都是孔子的学生，孝子的典范。
④ 定省：早晚向长辈请安。

勾当粗毕，醉司命夕，风雪遄归，而姬已骨瘦香桃，恹恹床蓐矣！

余自吏议不得留江后，姬曰："君此后江湖载酒[①]，宜豫留心一契合之人。"余诘其故，曰："君为尊亲所屈，奉檄色喜，自断不忍远离膝下，但今既有此中沮，或者改官远省，太夫人既惮长途，不能就养，夫人又以多病不去，我何忍侍君独行？且寒暑抑搔，晨昏侍奉，留我替君之职，即以摅君之忧。至君之起居寒暖必得一解事者，悉心护君，虽千山万水，吾心慰矣。"此姬自上年十月以来，屡屡为余言之者，孰知黄花续命之言，即为紫玉成烟之谶哉！

蓉湖施生，隐于阛阓[②]，掷六木以决祸福，闻有奇验。余就卜流年休咎，生曰："他事甚利，惟不免破镜之戚。"问能解否，曰："小星替月[③]可解也。"更请其他，曰："嘒彼三五[④]，或免递及之祸。"时平阳中瀚自淮南来，为姬推算，亦如生言。爰就邻觋陇西氏占之，曰："前身是香界司花仙史，艳金玉之缘，遂为华法所转。爱缘将尽，会当御风以归尔。"允庄闻之，亟请于堂上，为余量珠购艳，以应施生之说。余曰："新人苟可移情，辄使桃僵李代，拊心自问，已觉不情。设令胶先续断，香不返魂，长留薄幸之名，莫雪向隅之恨，更非我之所愿。又岂卿之所安哉？"允庄曰："然则如何而后可？"余曰："姬素恋切所生，恒见望云兴叹。还珠益算，此诚日者无聊之极思，然其徙倚绵延，屡

---

① 江湖载酒：泛指浪迹江湖。

② 阛阓：市区。

③ 小星替月："小星"指妾室，"月"指正妻。小星替月即妾室取代正妻。

④ 嘒彼三五：此处指多娶妾室的意思。

烦慈顾，每与言及，涕泗不安，曷以归省之计，为伊却病之方乎？”允庄颔之。乃为请于重闱，整装以定归计焉。

四月下浣五日，太夫人雪涕命余曰：“紫姬以归省之计，为却病之方，果如所言，实为至愿。惟值江风暑雨，实劳我心，汝可祷之于神，以决行止。”余因祷于武帝庙，其签诗曰：“贵人相遇水云乡，冷淡交情滋味长。黄阁开时延故客，骅骝应得骋康庄。”太夫人见有骅骝康庄之语，以为道路平安，乃许归省。孰知三槐堂中，西偏楹帖，大书深刻曰：“康庄骥足蹑青云。”而姬殁后，槽停适当其处，开我西阁门，坐我绿阴床。事后追思，如梦如幻，神能知之而不能拯之，岂苍苍定数，竟属万难挽回哉？

紫姬行后，允庄寄以诗曰：

梅雨丝丝暗画楼，玉人扶病上扁舟。
钏松皓腕香桃瘦，带缓纤腰弱柳柔。
五月江声流短梦，六朝山色送新愁。
勤调药里删离恨，好寄平安水阁头。

紫姬依韵和之，并呈太夫人，诗曰：

风雨经春怯倚楼，空江如梦送归舟。
绵绵远道花笺寄，黯黯临歧絮语柔。
闺福难消悲薄命，慈恩未报动深秋。
望云更识郎心苦，月子弯弯系两头。

允庄又寄余诗曰：

问君双桨载桃根，残月空江第几村。
淡墨似烟书有泪，远天如水梦无痕。
晚风横笛青溪阁，新柳藏鸦白下门。
更忆婵嫣支病骨，背灯拥髻话黄昏。

余依韵和之曰：

情根种处即愁根，纱浣青溪别有村。
伴影带余前剩眼，捧心镜浥旧啼痕。
江城杨柳宵闻笛，水阁枇杷昼掩门。
回首重闱心百结，合欢卿独奉晨昏。

曹小琴女史读之叹曰："此二百二十四字，是君家三人泪珠凝结而成者，始知《别赋》、《恨赋》，未是伤心透骨之作。"

余于严慈抱恙，每祷元化先生祠辄应。盖父母之疾可以身代，愚诚所结，先生其许我也。姬人之恙，或言客感未清，积勤成瘵，蚤投峻补[①]，误于凡医之手，然求方之事，余又迟回不敢行。六月十三日夜，姬忽坚握余手曰："君素爱恋慈帏，苟不畏此简书，从无浪迹久羁之事。今来省垣者匝月矣，阁部叙勋之奏，昨日已奉恩纶，指日北行，亟宜归省。妾病已深，难期向愈，支离呻楚，徒怆君心。愿他日一纸书来，好收吾骨以归耳。"

① 蚤投峻补：过早地用了剧烈的补药。

余时甫得大人安报，因慰之曰：“子之贤孝，上契亲心，来谕命为加意调治，以期痊可偕归。明日当为子祷于小桃源元化先生祠，冀得一当，以纾慈廑①。”姬泣曰：“拜佛求仙，累君仆仆，吾未知所以报也。”次日祷之，未荷赐药。次日又以姬之生平俱疏上达，愿减微秩②，以丐余生，俾侍吾亲，谓先生其亦许我耶？始荷赐以五色豆等味。自此遂旦旦求之，至十八日晚，得大人急递书，知太夫人客感卧床。姬亟呼郑李两妪，尽力扶倚隐囊，喘息良久，甫言曰：“妾病已可起坐，君宜遄归省亲，勿更以妾为念。”言际清泪栖睫，更无一言，反面贴席，若恐重伤余心者。余时心曲已乱，连泣颔之。晨光熹微，策单骑出朝阳门。伤哉此日，遂为永诀之日矣。

余于二十二日抵苏，太夫人之恙，幸季父治少痊。惟头目岑岑，迷眩五色。余急祷于西迷巷元化先生祠，赐服黄菊花十朵，遂无所苦。太夫人询姬病状，知在死生呼吸之际，命余即行。余以慈恙甫愈，请少留。至二十六夜，姬恩抚女桂生惊啼曰：“娘归矣！”询之，曰：“上香畹楼去矣。”太夫人疑为离魂之征也，陨涕不止。余再四劝慰，太夫人曰：“紫姬厌弃纨绮，宛然有林下风③。湖绵如雪，则其所心爱也。年来侍我，学制寒衣，缝纫熨贴，宵分不倦，我每顾而怜之。”因属世母谯国太君、庶母静初夫人、萼姊、茗妹辈，为姬急制湖绵衣履。顾余曰：“欲有冲喜之说，汝可携去。能如俗说，留姬侍我，此如天之福也！”至

① 慈廑：母亲的挂念。

② 微秩：微薄的生命。

③ 林下风：指妇女有超逸之风。见《世说新语·贤媛》。

七月朔日，得姬二十八日寄书，殷念北堂病状，并遍询长幼起居。举室传观，方以无恙为慰。初三制衣甫毕，堂上促余遄行。伏雨阑风，征途迢滞。初六触炎登陆，曛黑入门。家人兮慞惶，嫂侄兮含悲。易锦茵以床垂兮，代罗帱以素帷。魂飞越而足趑趄兮，心震骇而肝肠摧。抚玉琴之在御兮，瞻遗挂之在壁。怼琼蕊之无征兮，恨朝霞之难挹。萃湫风以酸滴兮，涉遐想兮仿佛。太原翁姥流涕告余曰："儿于初四戌刻，不及待公子而遽去矣。"呜呼！迟到两朝，缘悭一面，抚棺长恸，痛如之何！

姬之逝也，太原翁姥专傔至苏。余于中途相左，至十二日傔自苏归。赍奉大人慈谕曰："七夕得三槐书，知紫姬遽然化去。重闱以次，无不悲悼。且屈指汝到相距两日，未必及视其敛，尤为伤心之事，携去衣履，想已不及附棺，汝母云是所心爱，可焚与之。汝一切料量安妥后，即载其榇回苏，暂厝虎山后院，俾依汝祖灵以居。今冬恭建先茔，当并挈之以归尔。渠四年中贤孝尽职，群无间言。去冬侍汝妇之疾，尤属不辞况瘁。至其淡泊宁静，夙为汝祖所称赏。今得首从先人于九京[①]，在渠当亦无憾。汝母方为作小传。静初、允庄等，皆有哀词，汝宜爱惜身心，报以笔墨，俾与茜桃、朝云并传，当亦逝者之心也。"呜呼！我堂上慈爱之心，无微不至，开函捧诵，感激涕零。畀太原举家读之，莫不凄感万状。余因恭录一通，并衣履焚之灵次。呜呼！紫姬魂魄有知，双目其可长瞑矣！

姬发长委地，光可鉴人。指爪皆长数寸，最自珍惜。每有操

① 九京：春秋时晋国大夫的墓地，后泛指墓地。

作，必以金弧[①]护之。弥留之际，郑媪为理遗发，令勿轻弃，更倩闰湘尽剪长爪，并藏翠桃香盒中。闰湘曰："留以遗公子耶?"含泪点首者再，叩其遗言，曰："太夫人爱我甚至，起居既安，必命公子复来，惜我缘已尽，不能少待为恨尔。"

太夫人素性畏雷，余与允庄、紫姬每逢夏夜风雨，辄急起整衣履，先后至太夫人房中，围侍达旦。今年七月三夕，姬病卧碧梧庭院，隐闻雷声，辄顾李媪等曰："恨我远离，不能与主人同侍太夫人尔。"未及周辰，遽尔化去。病至绵惙[②]，而其爱恋吾亲若此，悲哉痛哉！

允庄闻姬凶耗，寄余书曰："姬之抚恩女桂生，已奉慈命为持三年之服。至其平日爱抚孝先，无异所生，业为持服，如有吊者，应报素柬，亦已请命堂上，可书'嫡子孝先稽颡'云云。"并寄挽联曰："四年来孝恭无忝，偏教玉碎香销，愚夫妇触境心酸，遗憾千秋，岂独佳人难再得；两月中消息虽通，只恨山遥水远，慈舅姑倚闾望切，芳魂一缕，愿偕公子蚤同归。"同人叹为情文相生，面面俱到。芳波大令曰："素柬以嫡子署名，吾家庶大母之丧，先大父太守公曾一行之，今君家出自堂上及大妇之意，尤为毫发无憾。"

金沙延陵女史，工诗善画，秀笔轶伦，所得润笔之资，以赡老母幼弟。尤工剑术，韬晦不言，人以黄皆令、杨云友一流目之，不知为红线、隐娘之亚也。病中闻紫姬之耗，寓书于余，发函伸纸，上书"萼绿华来无定所，杜兰香去未移时"一联。跋

---

① 金弧：金属做的指环。

② 绵惙：病危。

曰："紫湘仁妹，蕙心纨质，旷世秀群。余每见于芜城官舍，爱不忍去，曾仿月娇遗迹，画兰十二帧，以作美人小影。今闻彩云化去，不觉清泪弥襟。以妹之孝恭无忝，具详允庄大妹所撰挽联。人不间于高堂大妇之言，无俟再下转语。爰书玉溪生句，俾知慧业生天，以摅云弟梨云之感[①]，此于《香祖楼》后，又添一重公案矣。"又一行曰："姊以病中腕怯，不得纵笔作书，可觅一善书者捉刀为幸。"余因倩汝南探花仿簪花妙格，书之吴绫，张诸座右，此与昭云夫人篆书林颦卿《葬花诗》，以当薤露[②]者，可称双绝。

词坛耆隽，赢锡哀词，摅余怆情，美不胜屈。至挽联之佳者，犹记扶风观察云：

别梦竟千秋，金屋昙花逢小劫。
招魂刚七夕，玉箫明月认前身。

巢湖太守云：

司马湿青衫，盖世奇才，那识恩情还独至；
姬娥归碧落，毕生宠遇，从知福慧已双修。

高平都转云：

---

① 梨云之感：用《香祖楼》之典。在此指紫姬死后作者对她的思念之情。
② 薤露：古代挽歌。

玉帐佩麟符，曾见潞州传记室；

兰台抛凤管，空教司马忆清娱。

清河观察云：

倚玉搴芳，记伊人琼树雁行，花叶江东推独秀；

化鸾靡凤，送吾弟金闺鹗荐，风沙冀北叹孤征。

渤海令君云：

迎来鸾扇女，美前程月满花芳。奈银屏月缺花残，憔悴煞镜里情郎，画中受宠。

归去鹊桥仙，生别离山迢水递。赖锦字山温水软，圆成了人间艳福，天上奇缘。

渤海、清河两君，有蹇修葭莩[1]之谊，抚今悼昔，故所言尤为亲切。及见申丈挽联云：

公子固多情，也为伊四载贤劳，不辞拜佛求仙，欲把精虔回造化。

佳人真有福，堪羡尔一堂宠爱，都作香怜玉惜，足将荣遇补年华。

① 葭莩：亲戚。

众曰："离恨天中，发此真实具足语，白甫此笔，真有炼石补天之妙！"又鹅湖居士，用余丙子年题铁云山人无题旧作"昙花妙谛参居士，香草《离骚》吊美人"之句，书作挽联，既见会心，又添诗谶。钗光钏响，触拨潸然。

姬疾革[①]夜，语其季嫂缪玉真曰："我仗佛力归去，当无所苦，公子悼我，第请以堂上为念，扶持调护，宜觅替人。公子必义不忘我，皈向者要不乏人耳。"玉真泣陈如此。余方凄感欲绝，鸿消鲤息，洵有如姬所云者乎？紫姬来去湛然，解脱爱缘，逍遥极乐，幸勿以鄙人为念。所悲吾亲无人侍奉，所喜吾儿渐已长成，承重荫之孔长，冀门祚之可寄。余则心芽不茁，性海无波，且愿生生世世弗作有情之物矣！

余自姬逝后，仍下榻碧梧庭院。翠桃香盒，泣置枕函，空床长簟，冀以精诚致之。然鳏目炯炯，恒至向晨。虽有鸿都少君之术，似亦未易措置也。犹忆七月四日兰陵舟夜，梦姬笑语如平时，寤后纪以词曰：

喜见桃花面。似年时、招凉待月，竹西池馆。豆蔻香生新浴后，茉莉钗梁暗颤。恰小试玉罗衫软。照水芙蓉迷艳影，问鸳鸯甚日双飞惯。低首弄，白团扇。

星河欲曙天鸡唤。乍惊心、兰舟听雨，翠衾孤展。重剪银灯温昔梦，梦比蓬山更远。怎醒后莲筹偏缓？谩讶青衫容易湿，料红绡早印啼痕满。荒驿外，五更转。

---

① 疾革：病危。

时堂上属琅琊生偕行，读之叹曰：“此种笔墨，无论识与不识，皆知佳绝，惟觉凄惋太甚耳。”余亦嗒然，孰知兰陵入梦之期，即秣陵离尘之夕，帐中环佩，是耶？非耶？其来也有自，其去也又何归耶？肠回目极，心酸泪枯，姬倘有知，亦当呜咽！

姬素豢狸奴[①]名瑶台儿，玉雪可念。余初访碧梧庭院，辄依余宛转不去，姬酒半偶作谐语，闰湘纪以小词曰“解事雪狸都爱你，眠香要在郎怀里”者是也。洎姬归省，闰湘犹引前事相戏。姬逝后，瑶台儿绕棺悲鸣，夜卧茵次。噫嘻！物犹如此，余何以堪？

姬冰雪聪明，靡不淹悟，类多韬匿不言。先大父奉政公夙精音律，藻夏兰宵，季父恒约僚客于玉树堂，坐花觞月，按谱征歌。奉政公北窗跂脚，顾而乐之。芙蓉小苑，花影如潮，一抹银墙，笛声隐隐，姬遥度为某阕某误，按之不爽累黍。邗江乐部，夙隶尚衣，岁费金钱亿万计，以储钧天[②]之选。吴伶负盛名者咸鹜焉。试灯风里，选客称觞，火树星桥，鱼龙曼衍[③]，五音繁会，芳菲满堂。余于深宵就舍，询姬今日搬演佳否，姬辄微笑不言。盖太夫人素厌喧嚣，围炉独酌，姬虞孤寂，卷袖侍旁，虽慈命往观，低徊不去，以是彻夜笙歌，未尝倾耳寓目。余今后闻乐搯心，哀过山阳邻笛[④]矣。

姬如出水芙蓉，不假雕饰。当春杨柳，自得风流。太夫人恒太息曰：“韶颜稚齿，素服淡妆，秀矣雅矣，然终非所宜也。”壬

---

① 狸奴：猫的别称。

② 钧天：天上的音乐，指皇宫的音乐。

③ 鱼龙曼衍：古代百戏节目，由人装扮成珍异动物进行表演。

④ 山阳邻笛：用典，怀念故人。

午初夏，婪尾娇春，将侍祖太君为红桥之游，萼姊、苕妹辈，争为开奁助妆。璧月流辉，朝霞丽彩，珠襦玉立，艳若天人。陇西郡侯眷属，时亦乘钿车来游，遇于筱园花际，争讶曰："西池会耶，南海游耶？彼奇服旷世，骨象应图[①]者，当是采珠神女，步蘅薄而流芳也。"计姬归余四年，见其新妆炫服，只此一朝而已。罗襟剩粉，绣袜余香，金翠丛残，览之陨涕。

姬最爱月，尤最爱雨。尝曰："董青莲谓月之气静，不知雨之声尤静。笼袖熏香，垂帘晏坐。檐花落处，万念俱忘。"余因赋《香畹楼坐雨》诗曰：

剪烛听春雨，开帘照海棠。
玉壶销浅酌，翠被罩余香。
恻恻新寒重，沉沉夜漏长。
宛疑临水阁，无那近斜廊。

清福艳福，此际消受为多。今春《香畹楼坐月》词，则曰：

蟾漪浣玉，人影天涯独。镜槛妆成调钿粟，应减旧时蛾绿。

归来梦断关山，卷帘暝怯春寒。谁信黛鬟双照，一般辜负阑干。

又《香畹楼听雨》词曰：

① 奇服旷世，骨象应图：此二句出自曹植《洛神赋》。

梦回鸳瓦疏疏响，灯影明虚幌。争奈此夜客天涯，细数番风况近玉梅花。

比肩笑向巡檐索，怕见檐花落。伤春人又病恹恹，拼与一春风雨不开帘。

萧黯之音，自然流露，云摇雨散，邈若山河。从此雨晨月夕，倚枕凭阑，无非断肠之声，伤心之色矣。

余以樗散之材[①]，受知于阁部河帅、节使都转暨琅琊、延陵两观察。河渠戎旅，不敢告劳。然出门一步，惘惘有可怜之色。迨过香巢，益萦别绪，凄怀醖结，发为商音。犹忆壬午初秋，下榻碧梧庭院，寄姬芜城词曰：

新涨石城东，雪聚花浓。回潮瓜步动寒钟。应向秋江弹别泪，长遍芙蓉。

金翠好房栊，燕去梁空。开窗偏又近梧桐。叶叶声声听不得，错怪西风。

又于纫秋水榭对月寄词曰：

深闺未识家山路，凄凄夜残风晓。雾湿湘鬟，寒禁翠袖，曾照银屏双笑。红楼树杪。怕隐隐迢迢，梦云难到。万一归来，屋梁霜霁画帘悄。

① 樗散之材：无用之才。

凭阑愁见雁字，问书空寄恨，能寄多少？水驿灯昏，江城笛脆，丝鬓催人先老。团圞最好。况冷到波心，竹西秋早。待写修蛾，二分休瘦了。

香影阁主人读之，怃然有间，曰："此时此际，月满花芳，偶尔分襟，怆怀如许。阳关[1]三叠，河满[2]一声，恻恻动人，声声入魄，用心良苦，其如凄绝何！"余初出于不自觉，闻此乃深悔之。频年断梗，转眼空花，影事如尘，愁心欲碎。玉溪句云："此情可待成追忆，只是当时已惘然。"霜纨印月，锦瑟凝尘，断墨丛烟，益增碎琴焚研之恨。

余去秋留江，姬喜动颜色，曰："妾积思一见老亲，并扫生母之墓。君今晋省应官，堂上命妾侍行，得副夙怀，虽死无憾。"余讶其不祥，乱以他语。会先大父奉政公病，余侍侧不忍遽离，幕僚佥言："既受节相河帅厚恩，亟宜谒谢。"姬曰："两公当代大贤，以君为天下奇才，登之荐牍，此其储才报国之心，非欲识面台官，拜恩私室者。且君以侍重亲之疾，迟迟吾行，又何歉焉？"嗣奉政公以江淮苦涝，宜效驰驱，促余挂帆。溯江西上，阁部审知奉政公寝疾，仍允告归，姬曰："吾闻圣人以孝治天下，阁部锡类[3]之心，洵非他人所及也。"嗣此半月，姬与余随同诸大人侍奉汤药，姬独持淡斋，不食盐豉，焚香祷佛。奉政公卒以不起。然此半月中，余得随侍汤药，稍展乌私，皆阁部之所赐也。

---

① 阳关：送别之曲。

② 河满：唐舞曲，曲调哀婉凄凉。

③ 锡类：锡同赐。类，善。

八月下浣，余遽被议；九月中旬，举室南还，而姬归省扫墓之愿知不克践。既痛奉政公之见背，又复感念生母，人前强为欢笑，夜分辄呜咽不已。十月中，余又奉檄，涉江历淮，姬独侍大妇之疾，半载以来，几于茹冰食蘗[①]。呜呼！伤心刺骨之事，庸讪者尚难禁受，况兹袅袅亭亭，又何能当此煎迫哉？

七月二十日，与客坐纫秋水榭，恭奉太夫人慈训曰："紫姬之逝，使人痛绝，伤心吊影，汝更可知。以汝素性仁孝，于悲从中来之际，想自能以重慈与我两老人为念。寄去姬传一篇，据事直书，不计工拙，聊摅吾痛，无侈无饰，当之者亦无愧色也。"谨展另册视之，洋洋将二千言，泪眼迷离，不忍卒读。时玉山主人、鹅湖居士在座，叹曰："紫君贤孝宜家，不知者或疑君抱过情之痛，今读太夫人此传，始知君之待姬，洵属天经地义，实姬之微行有以致之尔。"蕙绸居士曰："紫姬之贤孝，堂上之慈爱，至性凝结，发为至文，是宇宙间有数文字，紫君得此，可以无死。国朝以来，姬侍中一人而已。"呜呼紫姬！余撰忆语千言万语，不如太夫人此作，实足俾汝不朽。郁烈之芳，出于委灰，繁会之音，生于绝弦。彤管补静女之徽，黄绢铭幼妇之石。呜呼紫姬！魂其慰而，而今而后，余其无作可也。

【文章小识】　《香畹楼忆语》是清嘉庆年间陈裴之为悼念其亡妾王子兰而作，问世伊始，即获高度赞誉。陈裴之的爱妾王子兰，字紫湘，因所居为香畹楼，又字畹君，《香畹楼忆语》一名亦得自该楼。《香畹楼忆语》一文，如陈裴之友人所云："题曰《香畹楼忆语》，仍影梅庵旧例

① 茹冰食蘗：含辛茹苦。

也。”明确地指出了《香畹楼忆语》是模仿《影梅庵忆语》而作。《影梅庵忆语》的作者是明末大名鼎鼎“复社四公子”之一的冒辟疆，《影梅庵忆语》详细记述了他与亡妾董小宛从相识到最后死别九年间种种恩爱情事，以清新流畅的文笔和“余不知姬死而余死也”的真情打动了一代代读者。在它的影响下，有清一代甚至形成了一种可以称之为“忆语”体的文体，《香畹楼忆语》即是此类作品中的佼佼者。

《香畹楼忆语》虽是仿《影梅庵忆语》而作，同是叙说高门大户的贵族公子和青楼妓女之间的爱情故事，但时已相隔一百多年，江南地区的人文风气、社会氛围有了极大变化，陈裴之的思想、生平与冒辟疆也截然不同，所有这些形诸文章，使得《香畹楼忆语》迥然有别于《影梅庵忆语》。最为明显处，是陈裴之在《香畹楼忆语》中表现出对紫姬的一往情深，全然不同于冒辟疆对董小宛一派居高临下的俯视。

董小宛与冒辟疆的爱情中始终存在着主动与被动、接受和施与的主从关系。换言之，董小宛从不曾得到过冒氏发自肺腑的、平等的爱。董小宛脱离风尘，归于冒氏，冒辟疆称之为“骤出万顷火云，得憩清凉界”。然而，我们所看到的是，在这个“清凉界”里，董小宛却管弦、洗铅华、勤妇职，失去了以往的风采和个性。与董小宛的际遇不同，紫姬一开始就得到了裴之更多真诚的感情。

裴之家庭不仅是“一门风雅”，而且有着浓郁的爱的氛围。他家虽然仍是一个传统的宗法大家庭，但已有了一些突破传统的内容，特别是妇女在这个家庭得到了稍有的尊重。他的父亲陈文述就不避嫌疑，积极倡导女学，广收女弟子。他的妻子曾是他父亲的学生，资质甚高，深得陈文述的赞许。她嫁到陈家以后，也没有像一般大家庭的媳妇那样“奉箕帚”、“主中馈”，而是“优游文史”，过着潜心著学的学者生活。女子能够受到这样的优待，所以当时有很多青楼名姝都慕名想嫁给裴之，进入这个风雅之门。但裴之是个至纯至性之人，他本无意于纳妾，而且他也知道嫁给他的女子绝不能享受什么温存与闲情，而是要代替自己和妻子去照顾年迈的母亲和幼小的儿女。但是有时候却情不自禁，他与紫姬一见钟情，互通款曲后，紫姬明知嫁到他家会扮演什么角色，还是义无反顾地表示愿意帮助他承担家庭的重任。裴之即禀明堂上，“嗣是重亲惜韩香之遇，闺人契胜璚之才，搴芳结纕，促践佳约”。然后以父母之命、媒妁之言、香车画鷁，亲自迎归，使旁人皆有“足为蘼芜、媚香一辈人扬眉生色矣”的艳羡。比之于董小宛的千里相随而见拒，居于别室四月而始入门，自不可同日而语。及至入门后，凭她的贤惠和才华，紫姬更是得到了陈家一门上下的钟爱。裴之对待紫姬，并不是只停留在徒悦其容貌、喜其声色那般肤浅的层面上，更多的时候他视紫姬为闺中良友。他治理真州水利，上司责其出纳，裴之固辞，紫姬劝说道：“人浊我清，必撄众忌。严以持己，宽以容物，庶免牛渚之警乎?”裴之叹为要言不烦。又尝锐欲治枭，禁暴除害，紫姬建议说：“鹰飞好杀，龙性难驯，胆大心细，愿味斯言。”裴之许之为“怡词巽语，时得韦弦之助”，对姬妾表现出平等对待的意识。

正因为紫姬比董小宛幸运，她和陈裴之的结合非常顺利，得到了陈裴之比较平等的爱情，因而紫姬的形象不像董小宛那样丰满而鲜明。在她的身上，我们更多的是看到封建大家庭中一个贤惠的姬妾的形象，她侍奉老人，照顾大妇，赢得了全家大小的好感。她死了以后，丈夫的全家人都非常悲痛，大妇写下了哀悼的诗歌，并让亲生儿子做嫡子，裴之的母亲亲自为紫姬作传，这在当时简直是不可想像的，是紫姬牺牲了她和裴之的幸福换来的。她柔弱的肩膀承受了太多的责任，内心的悲苦又难以言说，太多的负累终于将她压垮，导致了她生命之花的过早凋谢。

紫姬的死亡，从表面上看，是因为劳累而致病，但从文章的字里行间里我们不能窥探到其深层次的原因。其一就是裴之要到远方做官，而自己不能随行，面临着“与君生离别”的惨境；其二就是算命先生关于

"小星替月"的预言。

紫姬虽然识大体，但并非没有小儿女的柔情，她内心也渴望和丈夫能时时花前月下、喁喁私语。每次裴之晚归，她都不忍休息，而是独自等待裴之归来，为的就是能够和裴之多独处一段时间。裴之起初被推荐作为江南候补通判之时，紫姬闻之"喜动颜色"，因为婆婆让她跟着裴之随身伺候。她口中虽说到金陵去离娘家近，能得以为生母扫墓，但实际上还是为能和丈夫长期在一起而感到欣喜。但是却是空欢喜一场，裴之没有去金陵，而是被派往他处。由于路途遥远，裴之的母亲和妻子都不能同行，所以紫姬也只能留在家中照料她们。紫姬虽然理智地奉劝丈夫再纳一妾，以便照料他的生活，但是内心的痛苦和失望是可想而知的。自此之后，她常常是"人前强为欢笑，夜分辄呜咽不已"。

然而，对于她来说，致命的打击无异于"小星替月"的预言。按照算命先生的说法，若想保住正妻汪端的性命，就必须让紫姬去替代；若想保住紫姬的性命，就必须娶别的姬妾去替代。摆在紫姬面前只有两条道路，不是死亡就是被弃。尽管后来裴之夫妇想出把她送回娘家的办法来逃避这场灾祸，但是紫姬心里却背上了沉重的枷锁，对前途感到绝望。因为不论此去是死是活，都很难再回到丈夫的身边了。她知道自己必须比正妻汪端先死，否则就应验了"小星替月"的预言。这样她一定会被外人说是克死正妻的狐狸精，一心想克死正妻使自己扶正的阴谋家。即使丈夫裴之不这样认为，但他难免心中也会存有芥蒂。紫姬是如此爱惜自己的名誉，她宁愿死也断断不能让这样的事情发生。所以，对于一个已经丧失求生欲望的人，她只有死路一条了。

紫姬的命运是悲剧性的，她和陈裴之的爱情也是悲剧性的。虽然比起董小宛来说，她的爱情没有那么多波折，但是董小宛至少还有九年和冒辟疆的婚姻生活，其中也有许多美好的时光，而紫姬和陈裴之在一起却只有短短三年的时光。而且这三年时光还是离多聚少，而且常常被生活的琐事所累，只能各怀相思默默地尽着自己的责任。因而使我们读者对他们产生一种复杂的感情，一方面为他们大爱无声、默默奉献的精神所感动；另一方面也为他们为大爱而牺牲小爱，没有实现个人的幸福而感到惋惜。

和《影梅庵忆语》相比，《香畹楼忆语》在文体上也有较大的变化。《影梅庵忆语》一脉承袭晚明散文独抒性灵、不拘格套的风格，行于所当行，止于所当止，随笔道来，轻盈流转。《香畹楼忆语》以之为例，未免下笔前就存了几分“做”的意思，立意要有所突破，有所逾越，自然便不得不在文笔的润饰、文章的组成方面下功夫了。文体杂糅，是《香畹楼忆语》与《影梅庵忆语》最大的区别。《香畹楼忆语》一文约一万二千余字，其中插入诗十六首、词十首、挽联六首，共两千余字，差不多占全文的六分之一，是一个相当大的比重。这些诗词挽联穿插于行文之中，往往能起到烘托情境、渲染氛围的作用。用诗词表情达意，历来是中国爱情文学的传统。陈裴之本是词家高手，著有《梦玉词》一卷，《香畹楼忆语》中大量引用诗词，使之能够恰如其分地表达那种细腻委婉的感情，为文章添色不少。但另一方面，在很多场合不厌其烦地征引诗词，有时也容易显得重复累赘。如紫姬回家休养时，与陈家诗笺往来，《香畹楼忆语》全部录入陈裴之、紫姬及汪端的诗作，除博得旁人“此二百二十四字，是君家三人泪珠凝结而成者。始知《别赋》《恨赋》，未是伤心透骨之作”的感叹外，与全文并未形成一种水乳交融、不可分割的关系。此外，《香畹楼忆语》所记大多是裴之与紫姬两人的恩爱故事，《影梅庵忆语》中所记则多南明政局上的动荡，如高杰的大掠扬州等。陈裴之的文笔也藻饰过多，也不及冒氏《影梅庵忆语》的简练朴厚。

秋灯琐忆

[清] 蒋坦

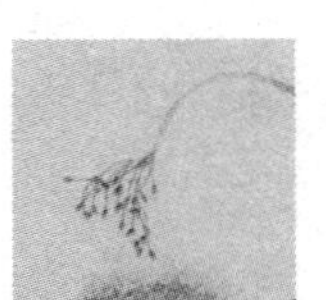

道光癸卯闰秋，秋芙来归。漏三下，臧获[①]皆寝。秋芙绾堕马髻，衣红绡之衣，灯花影中，欢笑弥畅，历言小年嬉戏之事。渐及诗词，余苦木舌挢不能下，因忆昔年有传闻其《初冬诗》云"雪压层檐重，风欺半臂单"，余初疑为阿翘假托，至是始信。于时桂帐虫飞，倦不成寐。盆中素馨，香气滃然，流袭枕簟。秋芙请联句，以观余才，余亦欲试秋芙之诗，遂欣然诺之。余首赋云："翠被鸳鸯夜，"秋芙续云："红云蛱蝶楼。花迎纱幔月，"余次续云："人觉枕函秋。"犹欲再续，而檐月暧斜，邻钟徐动，户外小鬟已喁喁来促晓妆矣。余乃阁笔而起。

数日不入巢园，阴廊之间，渐有苔色，因感赋二绝云："一觉红蕤梦，朝来记不真。昨宵风露重，忆否忍寒人？""镜槛无人拂，房栊久不开。欲言相忆处，户下有青苔。"时秋芙归宁三十五日矣。群季青绫[②]，兴应不浅，亦忆夜深有人，尚徘徊风露下否？

秋芙之琴，半出余授。入秋以来，因病废辍。既起，指法渐疏，强为理习，乃与弹于夕阳红半楼上。调弦既久，高不成音，再调则当五徵而绝。秋芙索上新弦，忽烟雾迷空，窗纸欲黑。下楼视之，知雏鬟不戒，火延幔帷。童仆扑之始灭。乃知猝断之

---

① 臧获：奴婢。

② 群季青绫：众多年轻的少女。

弦，其谶不远，况五，火数也，应徵而绝，琴其语我乎？

秋芙以金盆捣戎葵叶汁，杂于云母之粉，用纸拖染，其色蔚绿，虽澄心之制，无以过之。曾为余录《西湖百咏》，惜为郭季虎携去。季虎为余题《秋林著书图》云："诗成不用苔笺写，笑索兰闺手细钞。"即指此也。秋芙向不工书，自游魏滋伯、吴黟山两丈之门，始学为晋唐格。惜病后目力较差，不能常事笔墨。然间作数字，犹是秀媚可人。

夏夜苦热，秋芙约游理安。甫出门，雷声殷殷，狂飙疾作。仆夫请回车，余以游兴方炽，强趣之行。未及南屏，而黑云四垂，山川暝合。俄见白光如练，出独秀峰顶，经天丈余，雨下如注，乃止大松树下。雨霁更行，觉竹风骚骚，万翠浓滴，两山如残妆美人，蹙黛垂眉，秀色可餐。余与秋芙且观且行，不知衣袂之既湿也。时月查开士[①]主讲理安寺席，留饭伊蒲，并以所绘白莲画帧见贻。秋芙题诗其上，有"空到色香何有相，若离文字岂能禅"之句。茶话既洽，复由杨梅坞至石屋洞，洞中乱石排拱，几案俨然。秋芙安琴磐磴，鼓《平沙落雁》之操，归云滃然，涧水互答，此时相对，几忘我两人犹生尘世间也。俄而残暑渐收，暝烟四起，回车里许，已月上苏堤杨柳梢矣。是日，屋漏床前，窗户皆湿，童仆以重门锁扃，未获入视。俟归，已蝶帐蚊橱，半为泽国，呼小婢以筠笼熨之，五鼓始睡。

秋芙喜绘牡丹，而下笔颇自矜重。嗣从老友杨渚白游，活色生香，遂入南田[②]之室。时同人中寓余草堂及晨夕过从者，有钱

① 开士：菩萨的异名，对僧人的敬称。
② 南田：清代恽寿平，号南田，画没骨花卉，号"恽派"。

文涛、费子苕、严文樵、焦仲梅诸人，品叶评花，弥日不倦。既而钱去杨死，焦严诸人各归故乡。秋芙亦以盐米事烦，弃置笔墨。惟余纨扇一枚，犹为诸人合画之笔，精神意态，不减当年，暇日观之，不胜宾朋零落之感。

桃花为风雨所摧，零落池上，秋芙拾花瓣砌字，作《谒金门》词云："春过半，花命也如春短。一夜落红吹渐满，风狂春不管。""春"字未成，而东风骤来，飘散满地，秋芙怅然。余曰："此真个'风狂春不管'矣！"相与一笑而罢。

余旧蓄一绿鹦鹉，字曰"翠娘"，呼之辄应。所诵诗句，向为侍儿秀娟所教。秀娟既嫁，翠娘饮啄常失时，日渐憔悴。一日，余起盥沐，闻帘外作细语声，恍如秀娟声吻，惊起视之，则翠娘也。杨枝去数月矣，翠娘有知，亦忆教诗人否？

秋芙每谓余云："人生百年，梦寐居半，愁病居半，襁褓垂老之日又居半，所仅存者，十之一二耳，况我辈蒲柳之质，犹未必百年者乎！庾兰成云：一月欢娱，得四五六日。想亦自解语耳。"斯言信然。

平生未作百里游。甲辰娥江之役，秋芙方病寒疾，欲更行期。而行装既发，黄头[①]促我矣。晚渡钱江，飓风大作，隔岸越山，皆低鬟敛眉，郁郁作相对状，因忆子安《滕王阁序》云："天高地迥，觉宇宙之无穷；兴尽悲来，识盈虚之有数。"殊觉此身茫茫，不知当置何所。明河在天，残灯荧荧，酒醒已五更时矣。欲呼添衣，而罗帐垂垂，四无人应，开眼视之，始知此身犹卧舟中也。

① 黄头：鸟名，喜欢在夏天鸣叫。

秋月正佳，秋芙命雏鬟负琴，放舟两湖荷芰之间。时余自西溪归，及门，秋芙先出，因买瓜皮迹之，相遇于苏堤第二桥下。秋芙方鼓琴作《汉宫秋怨》曲，余为披襟而听。斯时四山沉烟，星月在水，琤瑽杂鸣，不知天风声环佩声也。琴声未终，船唇已移近漪园甫岸矣。因叩白云庵门。庵尼故相识也，坐次，采池中新莲，制羹以进。香色清冽，足沁肠腑，其视世味腥膻，何止薰莸之别。回船至段家桥登岸，施竹簟于地，坐话良久。闻城中尘嚣声，如蝇营营，殊聒人耳。桥上石柱，为去年题诗处，近为蠙衣剥蚀，无复字迹。欲重书之，苦无从书。其时星斗渐稀，湖气横白，听城头更鼓，已沉沉第四通矣，遂携琴刺船而去。

余莲村来游武林[①]，以惠山泉一瓮见饷。适墨偵开士主讲天目山席，亦寄头纲茶来。竹炉烹饮，不啻如来滴水，遍润八万四千毛孔，初不待卢仝七碗也。莲村止余草堂十有余日，剪烛论文，有逾胶漆。惜言欢未终，饥为驱去。树云相望，三年于兹矣。常忆其论吴门诸子诗，极称觉阿开士为闻见第一。觉阿以名秀才剃落佛前，磨砖十年，得正法眼藏[②]。所居种梅三百余本，香雪满时，趺坐其下，禅定既起，间事吟咏。有《咏怀诗》云："自从一见《楞严》后，不读人间糠粕书。"昔简斋老人论《华严经》云："文义如一桶水，倒来倒去。"不特不解《华严》，直是未见《华严》语。以视觉阿，何止上下床之别[③]耶！惜未见全诗，不胜半偈之憾。闻莲村近客毗陵，暇日当修书问之。

---

① 武林：杭州。

② 正法眼藏：禅宗用来指全体佛法而言。

③ 上下床之别：人或事高下悬殊。

夜来闻风雨声，枕簟渐有凉意。秋芙方卸晚妆，余坐案傍，制《百花图记》未半，闻黄叶数声，吹堕窗下。秋芙顾镜吟曰："昨日胜今日，今年老去年。"余怃然云："生年不满百，安能为他人拭涕！"辄为搁笔。夜深，秋芙思饮，瓦吊温暾，已无余火，欲呼小鬟，皆蒙头户间，为趾离[①]召去久矣。余分案上灯置茶灶间，温莲子汤一瓯饮之。秋芙病肺十年，深秋咳嗽，必高枕始得熟睡。今年体力较强，拥髻相对，常至夜分，殆眠餐调摄之功欤？然入秋犹未数日，未知八九月间更复何如耳。

余为秋芙制梅花画衣，香雪满身，望之如绿萼仙人，翩然尘世。每当春暮，翠袖凭栏，鬓边蝴蝶，犹栩栩然不知东风之既去也。扫地焚香，喻佛法耳，谓如此即可成佛，则值寺阇黎[②]，已充满极乐国矣。秋芙性爱洁，地有纤尘，必亲事箕帚。余为举王栖云偈云："日日扫地上，越扫越不净。若要地上净，撇却苕帚柄。"秋芙卒不能悟。秋芙辩才十倍于我，执于斯者，良亦积习使然。

余居湖上十年，大人月给数十金，资余盐米。余以挥霍，每至匮乏，夏葛冬裘，递质递赎，敝箧中终岁常空空也。曾赋诗示秋芙云："一寒至此怜张禄，再拥无由惜谢耽。箧为频搜卿有意，裈犹可挂我何惭。"纪实也。

丁未冬，伊少沂大令课最北行，余饯之草堂，来会者二十余人。酒次，李山樵鼓琴，吴康甫作擘窠书[③]，吴乙杉、杨渚白、

① 趾离：梦神。
② 阇黎：梵语，即僧徒之师。
③ 擘窠书：指大字。

钱文涛分画四壁，馀或拈韵赋诗，清谈瀹茗。惟施庭午、田望南、家宾梅十余人，踞地赌霸王拳，狂饮疾呼，酒尽数十觥不止。是夕，风月正佳，余留诸人为长夜饮。羊灯既上，洗盏更酌，未及数巡，而呼酒不至。讶询秋芙，答云："瓶罍罄矣。床头惟馀数十钱，余脱玉钏换酒，酒家不辨真赝，今付质库，去市远，故未至耳。"余为诵元九"泥他沽酒拔金钗"诗，相对怅然。是集得诗数十篇，酒尽八九瓮，数年来文酒之乐，于斯为盛。自此而后，踪迹天涯，云萍聚散，余与秋芙亦以尘事相羁，不能屡为山泽游矣。

秋芙素不工词，忆初作《菩萨蛮》云："莫道铁为肠，铁肠今也伤。"造意尖新，无板滞之病。其后余游山阴，秋芙制《洞仙歌》见寄，气息深稳，绝无疵颣，余始讶其进境之速。归后索览近作，居然可观，乃知三日之别，固非昔日阿蒙矣。昔瑶花仙史降乩[①]巢团，目秋芙为昙阳后身[②]，观其辩才，似亦可信。加以长斋二十年，《楞严》《法华》熟诵数千卷，定而生惠，一指半偈，犹能言下了悟，况区区文字间乎！昔人谓"书到今生读已迟"，余于秋芙信之矣。

秦亭山西去二十里，地名西溪，余家槐眉庄在焉。缘溪而西，地多芦苇，秋风起时，晴雪满滩，水波弥漫，上下一色。芦花深处，置精蓝数椽[③]，以奉瞿昙[④]，曰"云章阁"。阁去庄里余，复涧回溪，非苇杭不能到也。时有佛缘僧者，居华坞心斋，

① 降乩：降下神的预言。

② 后身：佛教有"三世"的说法，后身就是转世。

③ 精蓝数椽：精致的佛寺数间。

④ 瞿昙：梵语音译，释迦牟尼本姓瞿昙，后来用瞿昙作为佛的代称。

相传戒律精严，知未来之事。乙巳秋，余因携秋芙访之，叩以面壁①宗旨，如瞶如聋，鼻孔撩天，曷胜失笑。时残雪方晴，堂下绿梅，如尘梦初醒，玉齿粲然。秋芙约为永兴寺游，遂与登二雪堂，观汪夫人②方佩书刻。还坐溪上，寻炙背鱼、翦尾螺，皆颠师③胜迹。明日更游交芦、秋雪诸刹，寺僧以松萝茶进，并索题《交芦雅集图卷》。回船已夕阳在山，晚钟催饭矣。霜风乍寒，溪上澄波粼粼，作皱縠纹。秋芙时著薄棉，有寒色，余脱半臂拥之。夜半至庄，吠犬迎门，回里隔溪渔火，不减鹿门晚归时也。秋芙强余作游记诗，遂与挑灯命笔，不觉至曙。

秋芙有停琴伫月小影，悬之寝室，日以沉水供之。将归，戏谓余曰："夜窗孤寂，留以伴君，君当酬以瓣香。无扃置空房，令蛾眉有秋风团扇悲也。"

晓过妇家，窗栊犹闭，微闻仓琅一声，似鸾篦堕地。重帘之中，有人晓妆初就也。时初日在梁，影照窗户，盘盘腻云，光足鉴物，因忆微之诗云："水晶帘底看梳头。"古人当日，已先我消受眼福。

关、蒋故中表亲。余未聘时，秋芙来余家，绕床弄梅，两无嫌猜。丁亥元夕，秋芙来贺岁，见于堂前。秋芙衣葵绿衣，余著银红绣袍，肩随额齐，钗帽相傍。张情齐丈方居巢园，谓大人曰："俨然佳儿佳妇。"大人遂有丝罗④之意。后数月，巢园鼠

① 面壁：佛教称坐禅，即面向墙壁，端坐静修。

② 汪夫人：汪端，清代女诗人。

③ 颠师：济颠和尚。

④ 丝罗：比喻男女结成婚姻。

姑[1]作花，大人招亲朋，置酒花下。秋芙随严君来。酒次，秋芙收筵上果脯，藏帕中。余夺之，秋芙曰："余将携归，不汝食也。"余戏解所系巾，曰："以此缚汝，看汝得归去否？"秋芙惊泣，乳妪携去始解。大人顾之而笑。因倩俞霞轩师为之蹇修[2]，筵上聘定。自后数年，绝不相见。大人以关氏世有姻娅，岁时仍率余往趋谒，故关氏之庭，迹虽疏，未尝绝也。忆壬辰新岁，余往，入门见青衣小鬟，拥一粲姝上车而去。俄闻屏间笑声，乃知出者即为秋芙。又一年，闈桥试近，妻父集同人会文，意在察婿。置酒后堂，余列末座。闻湘帘之中，环玉相触，未知有秋芙在否。又一年，余行市间，忽车雷声中，帘幰疾卷，中有丽人，相注作熟视状。最后一车，似是妻母，意卷帘人即膝前娇女也。又一年，余举弟子员，大人命余晋谒。庭遇秋芙，戴貂茸，立蜜梅花下。俄闻银钩一声，无复鸿影。余自聘及迎，相去凡十五年，五经邂逅，及却扇[3]筵前，剪灯相见，始知颊上双涡，非复旧时丰满矣。今去结缡[4]又复十载，余与秋芙皆鬓有霜色，未知数年而后，更作何状。忽忽前尘，如梦如醉，质之秋芙，亦忆一二否？

秋芙谓"元九《长庆集》诗，如土饭尘羹，食者不知有味。惟《悼亡》三诗，字字泪痕，不堕浮艳之习。"余曰："未必不似宋考功于刘希夷事耳。不然，微之轻薄小人，安能为此刻骨语？"

① 鼠姑：牡丹的别称。
② 蹇修：媒人。
③ 却扇：古时婚礼行礼前新妇以扇遮面，交拜后去扇。
④ 结缡：古代嫁女的一种仪式，后也指男女成婚。

余读《述异记》云“龙眠于渊，颔下之珠，为虞人所得，龙觉而死”，不胜叹息。秋芙从旁语曰：“此龙之罪也。颔下有珠，则宜知宝。既不能宝而为人得，则戕嘘云雨，与虞人相持江湖之间，珠可还也。而以身殉之，龙则逝矣，而使珠落人手，永无还日，龙岂爱珠者哉？”余默然良久，曰：“不意秋芙亦能作议论，大奇。”

葛林园为招贤寺遗址，有水榭数楹，俯瞰竹石。榭下有池，矩彴横架其上。池偏凌霄花一本，藤蔓蜿蜒，相传为唐宋时物，诗僧半颠及其师破林，驻锡于此数十年矣。己酉初夏，积潦成灾，余所居草堂，已为泽国。半颠以书相招，遂与秋芙往借居焉。是时，城市可以行舟，所交宾朋，无不中隔。日与半颠谈禅，间以觞咏，悠悠忽忽，不知人间有岁月矣。闻岳坟卖馂馅馒首[①]，日使赤脚婢数钱买之。啖食既饱，分饲池鱼。秋芙起拊栏楯，误堕翠簪，水花数圈，杳不能迹，惟簪上所插素馨，漂浮波上而已。池偏为梁氏墓庐，庐西有门，久鞠茂草。庐居梁氏族子数人，出入每由寺中。梁有劣弟，贫乏不材。余居月余，阋墙[②]之声，未歇于耳。一日，余行池上，闻剥啄声。寺僧方散午斋，余为启扉。有毡笠布衣者，问梁某在否，余为指示。其人入梁氏庐，余亦闭门。半颠知之，因见梁，问来者云何，梁曰：“无之。”相与遍索室中，不得。惟东偏小楼，扃闭甚固，破窗而入，其弟已缢死床上矣，乃知叩门者缢死鬼耳！自后鬼语啾啾，夜必达旦，梁以心恇迁去。余与秋芙虽恃《楞严》卫护之力，而阴霾

① 馂馅馒首：素馅包子。

② 阋墙：兄弟在家中争吵。

逼人，究难长处。时水潦已退，旋亦移归草堂，嗣闻半颠飞锡南屏。余不过此寺又数年矣，未知近日楼中，尚复有人居住否。

枕上不寐，与秋芙论古今人材，至韩擒虎。余曰："擒虎生为上柱国，死不失为阎罗王，亦侥幸甚矣。"秋芙笑曰："特张嫦娥诸人之冤，无可控告，奈何？"

大人晚年多病，余与秋芙结坛修玉皇忏仪四十九日。秋芙作骈俪疏文[①]，辞义奥艳，惜稿无遗存，不可记忆。维时霜风正秋，瓶中黄菊，渐有佳色。夜深钟磬一鸣，万籁皆伏。沈烟笼罩中，恍觉上清宫阙，即现眼前，不知身在人世间也。

秋芙所种芭蕉，已叶大成荫，荫蔽帘幕。秋来雨风滴沥，枕上闻之，心与俱碎。一日，余戏题断句叶上云："是谁多事种芭蕉，早也潇潇，晚也潇潇。"明日见叶上续书数行云："是君心绪太无聊，种了芭蕉，又怨芭蕉。"字画柔媚，此秋芙戏笔也，然余于此，悟入正复不浅。

春夜扶鸾，瑶花仙史降坛，赋《双红豆》词云：

风丝丝，雨丝丝，谁使花粘蛛网丝？春光留一丝。
烟丝丝，柳丝丝，侬与红蚕同有丝。蚕丝侬鬓丝。

又《贺新凉》赠秋芙云：

久未西城过。料如今、夕阳楼畔，芭蕉新大。日日东风吹暮雨，闻道病愁无那。况几日妆台梳裹。纸薄衫儿寒易

① 疏文：这里指僧道作法事时之祝告文。

中，算相宜还是摊衾卧。切莫向，夜深坐。

西池已谢桃花朵。恁青鸾、天天来去，书儿无个。一卷《楞严》应读遍，能否情惮参破？问归计甚时才可？双凤归来星月下，好细斟元碧相称贺。须预报，玉楼我。

甲辰岁，仙史曾降笔草堂，指示金丹还返之道①，故有“久未西城过”之语。

忆戊申秋日，寄秋芙七古一首，诗云：

干萤冷贴屏风死，秋逼兰缸落花紫。
满床风雨不成眠，有人剪烛中宵起。
风雨秋凉玉簟知，镜台钗股最相思。
伤心独忆闺中妇，应是残灯拥髻时。
髻影飘萧同卧病，中间两接红鲂信。
病热曾云甘蔗良，心忪或藉浮瓜镇。
夜半传闻还织素，锦诗渐满回文数。
可怜玉臂岂禁寒，连波只悔从前错。
从前听雨芙蓉室，同衾忆汝初来日。
才见何郎叠合双，便疑司马心非一。
鸿庑牛衣感最深，春衣典后况无金。
六年费汝金钗力，买得萧郎薄幸心。
薄幸明知难自避，脱舆未免参人议。
或有珠期浦口还，何曾剑忍微时弃。

① 金丹还返之道：服食金丹返老还童的方法。

端赖鸳鸯壶内语，疏狂尚为鲰生恕。
无端乞我卖薪钱，明朝便决归宁去。
去日青荷初卷叶，罗衣曾记箱中叠。
一年容易到秋风，渡江又阻归来楫。
我似齐纨易弃捐，怀中冷暖仗人怜。
名争蜗角难言胜，命比蚕口岂久坚。
莫为机丝曾有故，蛾眉何人能持护？
门前但看合欢花，也须各有归根树。
树犹如此我何堪，近信无由绮阁探。
拥到兰衾应忆我，半窗残梦雨声参。
雨声入夜生惆怅，两家红烛昏罗帐。
一例悲欢各自听，楚魂来去芭蕉上。
芭蕉叶大近窗楹，枕上秋天不肯明。
明日谢家堂下过，入门预想绣鞋声。

此稿遗佚十年，枕上忽忆及之，命笔重书，恍惚如梦。

晚来闻络纬①声，觉胸中大有秋气。忽忆宋玉悲秋《九辩》，击枕而读。秋芙更衣阁中，良久不出。闻唤始来，眉间有秋色。余问其故，秋芙曰："悲莫悲兮生别离，何可使我闻之？"余慰之曰："因缘离合，不可定论。余与子久皈觉王②，誓无他趣。他日九莲台上，当不更结离恨缘，何作此无益之悲也？昔锻金师以一念之誓，结婚姻九十余劫，况余与子乎？"秋芙唯唯，然颊上粉

① 络纬：昆虫名，俗称纺织娘。
② 觉王：佛的别称。

痕，已为泪花污湿矣。余亦不复卒读。

秋芙藏有书尺，为吴黟山所贻。尺长尺余，阔二寸许。相传乾隆壬子，泰山汉柏出火自焚，钱塘高迈庵拾其烬余，以为书尺，刻铭于上。铭云："汉已往，柏有神。坚多节，含古春。劫灰未烬兮，芸编是亲。然藜比照兮，焦桐共珍。"

开户见月，霜天悄然，因忆去年今夕，与秋芙探梅巢居阁下，斜月暧空，远水渺弥，上下千里，一碧无际，相与登补梅亭，瀹茗夜谈，意兴弥逸。秋芙方戴梅花鬓翘，虬枝在檐，遽为攫去，余为摘枝上花补之。今亭且倾圮，花木荒落，惟姮娥有情，尚往来孤山林麓间耳。

秋芙好棋，而不甚精，每夕必强余手谈①，或至达旦。余戏举竹垞词云："簸钱斗草已都输，问持底今宵偿我？"秋芙故饰词云："君以我不能胜耶？请以所佩玉虎为赌。"下数十子，棋局渐输，秋芙纵膝上猧儿②搅乱棋势。余笑云："子以玉奴③自况欤？"秋芙嘿然。而银烛荧荧，已照见桃花上颊矣。自此更不复棋。

去年燕来较迟，帘外桃花，已零落殆半。夜深巢泥忽倾，堕雏于地。秋芙惧为猧儿所攫，急收取之，且为钉竹片于梁，以承其巢。今年燕子复来，故巢犹在，绕屋呢喃，殆犹忆去年护雏人耶？

同里沈湘涛夫人与秋芙友善，赠以所著诗词，属为删校。中有句云："却喜近来归佛后，清才渐觉不如前。"因忆前见朱莲卿

---

① 手谈：下围棋。

② 猧儿：小狗。

③ 玉奴：指杨玉环。

诗，有“却喜今年身稍健，相逢常得笑颜生”之句，两“喜”字用法不同，各极沉痛。莲卿近得消渴疾①，两月未起，霜风在林，未知寒衣曾检点否？

斜月到窗，忽作无数个“人”字，知堂下修篁解箨矣。忆居槐眉庄，庄前种竹数弓。笋泥初出，秋芙命秀娟携鸦嘴锄，劚数筐，煮以盐菜，香味甘美，初不让廷秀《煮笋经》也。秀娟嫁数年，如林中绿衣人②得锦绷儿矣。惟余老守谷中，鬓颜非故，此君有知，得无笑人？

虎跑泉上有木樨数株，偃伏石上，花时黄雪满阶，如游天香国中，足怡鼻观。余负花癖，与秋芙常煮茗其下。秋芙拗花簪鬓，额上发为树枝捎乱，余为蘸泉水掠之。临去折花数枝，插车背上，携入城闉，欲人知新秋消息也。近闻寺僧添植数本，金粟世界，定更为如来增色矣。秋风匪遥，早晚应有花信，花神有灵，亦忆去年看花人否？

宾梅宿予草堂，漏三下，闻邻人失火，急率仆从救之。及门，已扑灭矣。惟闻空中语云：“今日非有力人居此，此境几为焦土。”言顷，有二道人与一比丘③自天而下。道人戴藕华冠，衣蟠龙蚬螺之袍。其一玉貌长髯，所衣所冠皆黄金色。比丘踵道人之后，若木若讷。藕冠者曰：“吾名证若，居青城赤水之间，访蒋居士至此。”与长须道人拂尘而歌，歌长数千言，未暇悉记。惟记其末句云：“只回来巧递了云英密信，那裴航痴了心，何时

① 消渴疾：糖尿病。
② 绿衣人：鹦鹉。
③ 比丘：梵语，意为乞者。佛教指出家修行的男僧。

得醒？若不早回头，累我飞升。醒，醒，醒，明日阴晴难信。”歌竟而逝。趋视之，则星月在户，残灯不明，惟闻落叶数声，蘧然一梦觉也。既旦，告予，予曰：“余家断杀数十年，而修鸿宝之道六七载，至今黄蟥飞腾，犹少返还之诀。岂仙师垂悯凡愚，现身说法欤？歌中曰‘云英’，云英者，岂以余闺房之缘，未解缠缚，而讽咏示警欤？时予与秋芙修陀罗尼忏数月矣，所谓比丘者，岂观音化身，寻声自西竺来欤？”

秋芙病，居母家六十余日。臧获陪侍，多至疲惫。其昼夜不辍者，仅余与妻妹侣琼耳。余或告归，侣琼以身代予，事必手亲，故药炉病榻之间，予得赖以息肩。侣琼固情笃友于，然当此患难之时，而荼苦能甘，亦不自觉伺以至是也。秋芙生负情癖，病中尤为缠缚。余归，必趣人召余，比至，仍无一语。侣琼问之，秋芙曰：“余命如悬丝，自分难续，仓猝恐无以与诀，彼来，余可撒手行耳。”余闻是言，始觉腹痛，继思秋芙念佛二十年，誓赴金台[①]之迎，观此一念，恐异日轮堕人天[②]，秋芙犹未能免。手中梧桐花，放下正自不易耳。

秋夜正长，与妻妹珮琪围棋，三战三北，自念平生此技未肯让人，珮琪年未及笄[③]，所造如此，殆天授耶？珮琪性静默，有林下风，字与诗篇，靡不精晓，自言前身自上清官来。观其神寒骨清，洵非世间烟火人也。今不与对局数年矣，布算之神，应更倍昔。他日谢家堂上，当效楚子反整师复战，期雪曩年城下

① 金台：佛教净土宗认为，阿弥陀佛将会手托金莲花台来迎，往生极乐国土莲花池中。

② 轮堕人天：佛家认为万物众生都辗转在生死轮回之中。此处指死亡。

③ 及笄：十五岁。

之耻。

踏月夜归，秋芙方灯下呼卢。座中有人一掷得六么色，余戏为《卜算子》词云："妆阁夜呼卢，钗影阑干背。六个骰儿六个窝，到底都成对。借问阿谁赢，莫是青溪妹？赚得回头一顾无，试报说金钗坠。"秋芙见而笑曰："如此绮语，不虑方子鞭背耶？"近作小词，有句云："不是绣衾孤，新来梦也无。"又《买陂塘》后半云："中门掩，更念荀郎忧困，玉瓯莲子亲进。无端别了秦楼去，食性何人猜准。闲抚鬓，看半载相思，又及三春尽。前期未稳。怕再到兰房，剪灯私语，做梦也无分。"时宾梅以纨扇属书，因戏录之。宾梅见而笑曰："做梦何以无分？"秋芙笑云："想新来梦也无耳。"相与绝倒。

甲辰秋，同入招游月湖。夜深为风露所欺。明日复集吴山笙鹤楼，中酒禁寒。归而病热几殆，赖乩示方药，始获再生。越一年，为丙午岁，疽发背间，旋复病疟。方届秋试，扶病登车，未及试院，而魂三逝矣。仆从舁归，匝月始安。己酉之夏，复病疮痢，俯枕三月，痛甚剥肤。六年之间，三堕病劫，秋芙每侍余疾，衣不解带。柔脆之质，岂禁劳瘁，故余三病，而秋芙亦三病也。余生有懒疾，自己酉奉讳①以来，火死灰寒，无复出山之想。惟念亲亡未葬，弟长未婚，为生平未了事。然先人生圹②久营，所需卜吉。增弟年二十矣，负郭数顷田，足可耕食。数年而后，当与秋芙结庐华坞河渚间，夕梵晨钟，忏除慧业。花开之日③，

---

① 奉讳：居丧。

② 生圹：活着的时候为自己造就墓穴。

③ 花开之日：花即前言之七宝池中莲花，花开之日指人死后到达西方极乐世界。

当并见弥陀，听无生之法。即或再堕人天，亦愿世世永为夫妇。明日为如来涅槃日，当持此誓，证明佛前。

【文章小识】 《秋灯琐忆》的作者蒋坦并不像《影梅庵忆语》的作者冒辟疆那样有名，也不像《香畹楼忆语》的作者陈裴之那样出生名门，他只是清代道光、咸丰年间浙江钱塘的一位普普通通的秀才。他的妻子秋芙虽然是一个能诗善文的才女，但绝没有董小宛那样名动一时。但是这篇忆语体的散文却能流传下来，甚至可以和《浮生六记》并驾齐驱，何也？这得益于现代作家林语堂的赞赏。林语堂在他著名的《生活的艺术》一书中，把秋芙和《浮生六记》中的陈芸看作中国古代两个最可爱的女子，这是极高的评价。

既然秋芙可以和陈芸并列，我们不妨把《秋灯琐忆》和《浮生六记》比较一下，两者的确有些相同之处。与沈三白和陈芸两小无猜一样，蒋坦和秋芙也是青梅竹马。也和沈三白从小就希望陈芸做自己的妻子一样，蒋坦从小就希望秋芙成为自己的妻子，文中写道：

关、蒋故中表亲。余未聘时，秋芙来余家，绕床弄梅，两无嫌猜。丁亥元夕，秋芙来贺岁，见于堂前。秋芙衣葵绿衣，余著银红绣袍，肩随额齐，钗帽相傍。张情齐丈方居巢园，谓大人曰：“俨然佳儿佳妇。”大人遂有丝罗之意。

这段文字与《浮生六记》沈三白初见陈芸，以及陈芸暗留暖粥给沈三白而被堂兄以及女婢嘲谑十分相似。

他们也和沈三白夫妇一样，夫妻恩爱，具有高雅的艺术生活趣味。他们都熟读文史，喜好佛经，常常在一起谈心、议论、参禅、打趣，有着永远说不完的共同话题。文中这样写道：

秋芙所种芭蕉，已叶大成荫，荫蔽帘幕。秋来雨风滴沥，枕上闻之，心与俱碎。一日，余戏题断句叶上云："是谁多事种芭蕉，早也潇潇，晚也潇潇。"明日见叶上续书数行云："是君心绪太无聊，种了芭蕉，又怨芭蕉。"字画柔媚，此秋芙戏笔也，然余于此，悟入正复不浅。

夫妻作诗唱和已属文人雅兴，而夫妻二人陆续在芭蕉叶上题词相答，更增加了一番情趣。他们的生活也不乏这样有情趣的片断：

秋芙好棋，而不甚精，每夕必强余手谈，或至达旦。余戏举竹垞词云："簸钱斗草已都输，问持底今宵偿我？"秋芙故饰词云："君以我不能胜耶？请以所佩玉虎为赌。"下数十子，棋局渐输，秋芙纵膝上猧儿搅乱棋势。余笑云："子以玉奴自况欤？"秋芙嘿然。而银烛荧荧，已照见桃花上颊矣。自此更不复棋。

下棋本是雅事，但是秋芙却在下棋的时候耍赖，不仅不令人生厌，反而觉得可爱，诚然如林语堂所说的是一个可爱的女人。

和沈三白夫妇一样，蒋坦夫妇也喜欢在家中开设沙龙，招待朋友。家中时常是高朋满座，恣意饮酒作诗绘画。秋芙为了招待客人，也有和陈芸类似的"沽酒拔金钗"的壮举。

文中还写到蒋坦夫妇也和沈三白夫妇一样热爱自然山水，常常一同外出旅游，结交了许多风雅人士。当他们投身于大自然的怀抱之时，他们感到其乐无穷。在炎炎夏日，他们乘车冒雨游历了理安寺，秋芙在石屋洞的石几上弹起琴曲《平沙落雁》，让琴声和流水相互应和，不甚美哉；在朗朗月光的秋夜，他们泛舟于明圣二湖的荷塘之中，秋芙在船上弹着《汉宫秋怨》，让琴声和徐来的风声化为一体；当秋风四起的时候，他们沿着溪流到芦花荡深处的佛寺中寻禅问道，僧人的无知使他们哑然失笑；在桂子飘香的时节，他们到虎跑泉上木樨树下烹茶品尝，临走时还要折下桂花数枝插在车背上，给城里人带来金秋的信息……

除了内容上的相似，在文笔上蒋坦的《秋灯琐忆》也力追《浮生六记》，用一种轻盈的文字写日常生活之情趣。

当然，《秋灯琐忆》也有很多不同于《浮生六记》之处。由于蒋坦家境殷实，秋芙也深得家长的喜爱，因此他们的生活不像沈三白夫妇那样大起大落，坎坷曲折，而是像一湾溪水一样平淡无奇。但作者独具匠心的艺术创作使读者读起来也不觉得寡然无味。他用一种轻盈空灵的笔调把普通平淡的夫妻生活写得雅致有趣。

正因为他们生活比较平顺，感情琴瑟和谐，因而他们越发留恋尘世间的生活，对岁月的流逝和健康的衰弱十分忧虑。秋芙时常感叹：

人生百年，梦寐居半，愁病居半，襁褓垂老之日又居半，所仅存者，十之一二耳，况我辈蒲柳之质，犹未必百年者乎！庾兰成云：一月欢娱，得四五六日。想亦自解语耳。

她还对镜长叹：

昨日胜今日，今年老去年。

让我们不仅想到了李白的《秋浦歌》："白发三千丈，缘愁似个长。不知明镜里，何处得秋霜。"真是有异曲同工之妙。"哀叹人生苦短"是一永恒的命题，所以秋芙的忧虑也是大多数人的忧虑，因此也越能得到读者的共鸣。

摆脱忧虑的方法有很多，蒋坦夫妇的办法就是寄托于佛教，渴望能有三生来世，他们愿意生生世世都结成夫妻。也许寄托于佛教是虚无缥缈的，但是他们沉溺于佛教不正是出于对生活和爱情的依恋么？

细心的读者会发现这篇文章和前面三篇文章有一点不一样的地方。前三篇文章都写到了女主人公去世时的情景以及去世后的情况，但这篇文章并没有这些内容。一般来说，"忆语体"的散文怀的是死去之人生前的种种形状，难道这篇文章所怀的女主人公还没有死么？

世界书局美化文学名著丛刊的《秋灯琐忆》中，附有无名氏的《蒋蔼卿小传》一篇。其中说："未几，秋芙死，蔼卿为制《秋灯琐忆》，皆幽闺遗事，文极隽雅，视冒辟疆《影梅庵忆语》更过之。"这篇小传，没有作者姓名和年月。据这篇小传来看，蒋坦作这篇文章的时候秋芙已死，但纵观全书，好多细碎小节，都琐琐写来，可是像秋芙之死这样的大事，却一句话也没有。在全书最末一段，还这样说："数年而后，当与秋芙结庐华坞河渚间，夕梵晨钟，忏除慧业。花开之日，当并见弥陀，听无生之法。即或再堕人天，亦愿世世永为夫妇。明日为如来涅槃日，当持此誓，证明佛前。"全书至此而止，那明明是写秋芙尚在人间，怎能看作悼亡之作？

可是书的第三段，却有这样不祥之词："秋芙之琴，半出余授。入秋以来，因病废辍。既起，指法渐疏，强为理习，乃与弹于夕阳红半楼上。调弦既久，高不成音，再调则当五徵而绝。秋芙索上新弦，忽烟雾迷空，窗纸欲黑。下楼视之，知维鬟不戒，火延幔帷。童仆扑之始灭。乃知猝断之弦，其谶不远，况'五'，火数也。应徵而绝，琴其语我乎？"古人以妻死为断弦，续娶为续弦。如果不是悼亡，怎能忍心说这样的话？又云："秋芙病肺十年，深秋咳嗽，必高枕始得熟睡。今年体力较强，拥髻相对，常至夜分，殆眠餐调摄之功欤？然入秋犹未数日，未知八九月间更复何如耳。"后来，秋芙回到娘家养病，由蒋坦自己和小姨侣琼陪侍，可见病已很重。"秋芙生负情癖，病中尤为缠缚。余归，必趣人召余，比至，仍无一语。侣琼问之，秋芙曰：'余命如悬丝，自分难续，仓猝恐无以与诀，彼来，余可撒手行耳。'余闻是言，始觉腹痛，继思秋芙念佛二十年，誓赴金台之迎，观此一念，恐异日轮堕人天，秋芙犹未能免。手中梧桐花，放下正自不易耳。"这些都是断肠语，写此文时，如果秋芙健在，是不会这样说的。无名氏的序文，大概是从这些地方看出来的。

总之，此书是否为悼亡之作，一时还很难说。但是可以肯定的是，作这篇文章的时候秋芙的身体状况一定不是很好，蒋坦怀着沉重的忧虑和稀薄的希望写下了这篇文章。很可能秋芙生前也读到了这篇文章，并且曾和蒋坦一起回忆以前的生活片断。如果真是如此，那么这篇文章就有高出前三篇文章的地方了。人们对死者一般都比较宽容，生者也会在回忆中把死者的优点放大到几十倍。蒋坦在妻子生前就认识到她的价值，不吝惜向妻子表白自己的爱，这真是难能可贵呀！

附录一

《浮生六记》英译自序

林语堂

芸，我想，是中国文学中最可爱的女人。她并非最美丽，因为这书的作者，她的丈夫，并没有这样推崇。但是谁能否认她是一个可爱的女人？她只是在我们朋友家中有时遇见有风韵的丽人，因与其夫伉俪情笃，令人尽绝倾慕之念。我们只觉得世上有这样的女人是一件可喜的事，只愿认她是朋友之妻，可以出入其家，可以不邀自来和她夫妇吃中饭，或者当她与丈夫促膝畅谈书画文学乳腐卤瓜之时，你打瞌睡，她可以来放一条毛毯把你的脚腿盖上？也许古今各代都有这种女人，不过在芸身上，我们似乎看见这样贤达的美德特别齐全，一生中不可多得。你想谁不愿意和她夫妇，背着翁姑，偷往太湖，看她观玩洋洋万顷的湖水，而叹天地之宽，或者同她在万年桥去赏月？而且假使她生在英国，谁不愿意陪她去参观伦敦博物院，看她狂喜坠泪玩摩中世纪的彩金钞本？因此，我说她是中国文学及中国历史上（因为确有其人）一个最可爱的女人，并非故甚其辞。

她的一生，“事如春梦了无痕”，如东坡所云。要不是这书得偶然保存，我们今日还不知有这样一个女人生在世上，饱尝过闺房之乐与坎坷之愁。我现在把她的故事翻译出来，不过因为这故事应该叫世人知道，一方面以流传她的芳名；又一方面，因为我在这两位无猜的夫妇的简朴的生活中，看他们追求美丽，看他们穷困潦倒，遭不如意事的磨折，受狡佞小人的欺侮，同时一意享求浮生半日闲的清福，却又怕遭神明的忌。在这故事中，我仿佛看到中国处世哲学的精华，在两位恰巧成为夫妇的生平上表现出来。两位平常的雅人，在世上并没有特殊的建树，只是欣爱宇宙间的良辰美景，山林泉石，同几位知心友过他们恬淡自适的生活——蹭蹬不遂，而仍不改其乐。他们太驯良了，所以不会成功，因为他们两位胸怀旷达，淡泊名利，与世无争。而他们的遭父母放逐，也不能算他们的错，反而值得我们的同情。这悲剧之原因，不过因为芸知书识字，因为她太爱美，至于不懂得爱美有什么罪过。因她是识字的媳妇，所以她得替她的婆婆写信给在外想要娶妾的公公，而且她见了一位歌伎简直发痴，暗中替她的丈夫撮合娶为篷室，后来为强者所夺，因而生起大病。在这地方，我们看见她的爱美的天性与这现实的冲突——一种根本的，虽然是出于天真的冲突。这冲突在她于神诞之际，化扮男装，赴会观“花照”，也可看出，一个女人打扮男装或是倾心于一个歌伎是不道德吗？如果是，她全不晓得，她只思慕要看见，要知道人生世上的美丽景物，那些中国古代守礼的妇人向来所看不到的景物。也是由于这艺术上本无罪而道德上犯礼的衷怀，使她想要游遍天下名山——那些年轻守礼妇女不便访游，而她愿意留待“鬓斑”之时去访游的名山。但是这些山她没看到，因为她已经看见一位风流蕴藉的歌伎，而这已十分犯礼，足使她的公公认为她是情痴少妇，把她驱出家庭，而她从此半生须颠倒于穷困之中，没有清闲也没有钱可以享游山之乐了。

是否沈复，她的丈夫，把她描写过实？我觉得不然，读者读本书后必与我同意。他不曾存意粉饰芸或他自己的缺点。我们看见这书的作者自身也表示那种爱美爱真的精神，和那中国文化最特色的知足常乐恬淡自适的天性。我不免暗想，这位平常的寒士是怎样一个人，能引起他太太这样纯洁的爱，而且能不负此爱，把他写成古今中外文学中最温柔细腻闺房之乐的记载。三白，三白，魂无恙否？他的祖坟在苏州郊外福寿山，倘使我们有幸，或者尚可找到。果能如愿，我想备点香花鲜果，供奉跪拜祷祝于这两位清魂之前，也没什么罪过。在他们坟前，我要低吟 Maurice Ravel 的“Pavane”，哀思凄楚，缠绵悱恻的，而归于和美静娴，或是长啸 Massenet 的“Melodie”，如怨如慕，如泣如诉，悠扬而不流于激越。因为在他们之前，我们的心气也谦和了，不是对伟大者，是对卑弱者，起谦恭畏敬，因为我相信淳朴恬适自甘的生活。如芸所说“布衣菜饭，可乐终身”的生活，是宇宙最美丽的东西。在我翻阅重读这本小册子之时，每每不期然而然想到这安乐的问题。在未得安乐的人，求之而不可得；在已得安乐之人，又不知其来之所自。读了沈复的书，每使我感到这安乐的奥妙，远超乎尘俗之压迫与人身之苦痛——这安乐，我想，很像一个无罪下狱的人心地之泰然，也就是托尔斯泰在《复活》中所微妙表出的一种，是心灵已战胜肉身了。因为这个缘故，我想这对伉俪的生活是最悲惨而同时是最活泼快乐的生活——那种善处忧患的活泼快乐。

这本书的原名是《浮生六记》（英译“Six Chapters of a

Floating Life”），其中只存四记。（典出李白“浮生若梦，为欢几何”之名。）其体裁特别，以一自传的事故，兼谈生活艺术，闲情逸趣，山水景色，文评艺评等。现存的四记本系杨引传在冷摊上所发现，于一八七七年首先刊行。依书中自述，作者生于一七六三年，而第四记之写作必在一八零八年之后。杨的妹婿王韬（弢园），颇具文名，曾于幼时看见这书，所以这书在一八一零至一八三零年间流行于姑苏。由管贻萼的诗及现存回目，我们知道第五章是记他在台湾的经历，而第六章是记作者对养生之道的感想。我在猜想，在苏州家藏或旧书铺一定还有一个全本，倘然有这福分，或可给我们发现。

廿四年五月廿四日龙溪林语堂序于上海。

附录二

重印《浮生六记》序

俞平伯

一

记叙体的文章在中国旧文苑里，可真不少，然而竟难找一篇完美的自叙传。中国的所谓文人，不但没有健全的历史观念，而且也没有深厚的历史兴趣。他们的脑神经上，似乎凭了几个荒谬的印象（如偏正、大小等），结成一个名分的谬念。这个谬念，无所不在，无所不包，无所不流传，结果便害苦了中国人，非特文学美术受其害，及历史亦然。他们先把一切的事情分为两族，一正一偏，一大一小……这是“正名”。然后再甄别一下，与正大为缘的是载道之文，名山之业；否则便是逞偏才，入小道，当与倡优同畜了。这是“定分”。

申言之，他们实于文史无所知，只是推阐先入的伦理谬见以去牢笼一切，这当然有损于文史的根芽，这当然不容易发生自传的文学。原来作自传文和他们惯用的“史法”绝不相干，而且截然相反。他们念兹在兹的圣贤、帝王、祖宗……在此用他们不着；倒是他们视为闲情别致的，反有关身心性命之微，有涉于文章之事。所以前人以为不足道的，我们常发见其间有真的文艺潜伏着在，而《浮生六记》便是小小的一例。

此书少单行本，见于《独悟庵丛钞》及《雁来红丛报》中，共有六篇，故名六记：《闺房记乐》，《闲情记趣》，《坎坷记愁》，《浪游记快》，《中山记历》，《养生记道》，今只存上四篇，其五六两篇已佚。作者为沈复，字三白，苏州人，能画，习幕及商，生于一七六三年（乾隆二八），卒年无考，当在嘉庆十二年以后。关于作者之生平及生卒年月之考查，略叙如此。此书虽不全，今所存四篇似即其精英，故独得流传。《中山记历》当是记漫游琉球之事，或系日记体。《养生记道》，恐亦多道家修持之妄说，虽佚似不足深惜也。就今存者四篇言之，不失为简洁生动的自传文字。

《闲情记趣》写其爱美的心习，《浪游记快》叙其浪漫的生涯，而其中尤以《闺房记乐》、《坎坷记愁》为最佳。第一卷自写其夫妇间之恋史，情思笔致极旖旎宛转，而又极真率简易，向来人所不敢昌言者，今竟昌言之。第三卷历述其不得于父母兄弟之故，家庭间之隐痛，笔致既细，胆子亦大。作者虽无反抗家庭之意，而其态度行为已处处流露于篇中，固绝妙一篇宣传文字也。原数千年中家庭之变，何地无之，初非迩近始然，特至此而愈烈耳。观沈君自述，他们俩实无罪于家人，而家人恶之。此无他，性分之异，一也；经济上之迫夺，二也；小人煽动其间，三也。观下文自明。

“实则同行并坐，初犹避人，久则不以为意。芸或与人坐谈，见余至，必起立，偏挪其身，余就而并焉，彼此皆不觉其所以然者。始以为惭，继成不期然而然。”

“芸欣然。及晚餐后，装束既毕，效男子拱手阔步者良久，忽变卦曰：‘妾不去矣。为人识出既不便，堂上闻之又不可。’余怂恿曰：‘……密去密来，焉得知之？’芸揽镜自照，狂笑不已。余强挽之，悄然径去。”

（均见卷一）

“余夫妇居家，偶有需用，不免典质，始则移东补西，继则左支右绌。谚云：‘处家人情，非钱不行。’先起小人之议，渐招同室之讥。‘女子无才便是德’，真千古至言也！”

“不数年而逋负日增，物议日起。老亲又以盟妓一端，憎恶日甚。……芸病转增，唤水索汤，上下厌之。……锡山华氏，知其病，遣人问讯。堂上误以为憨园之使，因愈怒曰：‘汝妇不守闺训，结盟娼妓；汝亦不思习上，滥伍小人。若置汝死地，情有不忍。姑宽三日限，速自为计，迟必首汝逆矣！’芸闻而泣曰：‘亲怒如此，皆我罪孽。妾死君行，君必不忍；妾留君去，君必不舍。……’”

“余因呼启堂谕之曰：‘兄虽不肖，并未作恶不端。若言出嗣降服，从未得过纤毫嗣产。此次奔丧归来，本人子之道，岂为产争故耶？大丈夫贵乎自立，我既一身归，仍以一身去耳！’”

（均见卷三）

放浪形骸之风本与家庭间之名分礼法相枘凿，何况在于女子，更何况在于爱恋之夫妻，即此一端，足致冲突；重以经济之轇轕，小人之拨弄，即有孝子顺孙亦将不能得堂上之欢心矣。故此书固是韶美风华之小品文字，亦复间有凄凉惨恻语。大凡家庭之变，一方是个人才性的伸展，一方是习俗威权的紧迫，哀张生于绝弦，固不得作片面观也。

因此联想到中国目今社会上，不但稀见艺术之天才诞生，而且缺乏普遍美感的涵蕴。解释此事，可列举的原因很多。在社会制度方面，历来以家庭为单位这件事，我想定是主因之一。读《浮生六记》，即可以得到此种启示。

聚族而居的，人愈多愈算好，实在人愈多便愈糟。个人的受罪，族姓的衰颓，正和门楣的光辉成正比例，这是大家所审知的。既以家为单位，则大家伙儿过同式的生活，方可减少争夺(其实仍不能免)；于是生活的“多歧”、“变化”这两种光景不复存在了。单调固定的生活便是残害美感之一因。多子多孙既成为家族间普遍的信念和希望，于是婚姻等于性交，不知别有恋爱。卑污的生活便是残害美感之二因。依赖既是聚族而居的根本心习，于是有些人担负过重，有些人无所事事。游惰和艰辛的生活便是残害美感之三因。礼教名分固无所不在，但附在家庭中的更为强烈繁多而严刻，于是个性之受损尤巨。规行矩步的生活便是残害美感之四因。其他还多，恕不备举了。

综括言之，中国大多数的家庭的机能，只是穿衣，吃饭，生小孩子，以外便是你我相倾轧，明的为争夺，暗的为嫉妒。不肯做家庭奴隶的未必即是天才，但如有天才是决不甘心做家庭奴隶的。《浮生六记》一书，即是表现无量数惊涛骇浪相冲击中的一个微波的银痕而已。但即算是轻婉的微波之痕，已足使我们的心灵震荡而不怡。是呻吟？是怨诅？是歌唱？读者必能辨之，初不待我的哓哓了。在作者当时或竟是游戏笔墨，在我们时代里，却平添了一重严重的意味。但我相信，我们现今所投射在上面的这

重意味的根芽，却为是书所固有，不是我们所臆造出来的。细读之便自知悉。

是书未必即为自传文学中之杰构，但在中国旧文苑中，是很值得注意的一篇著作；即就文词之洁媚和趣味之隽永两点而论，亦大可以供我们的欣赏。故我敢以此小书介绍于读者诸君。

一九二三，十，二十，上海。

二

亘印《浮生六记》的因缘，容我在此略说。我幼年在苏州，曾读过这书。当时只觉得它可爱，而未审可爱之所在。自匆匆移家北京，流转数年，不但诵读时的残趣久已荡为烟云，即书的名字也若存若亡，汩没在忆后了。去秋在上海，与颉刚、伯祥两君结邻，偶然谈起此书，我始恍然追味出昔年得读时的情趣来。他们各有一部——颉刚的是《雁来红丛报》本，伯祥的是《独悟庵丛钞》本——都被我借来了。因有这么一段前因，自然重读时更易得我的欣赏，而且这书确也有迷眩人的魔力。我们想把这种喜悦遍及于读者社会，于是便想把它重印。在去年十月，我在《文学》上发表一篇《拟重印〈浮生六记〉序》（即序一）；后来又就本书所载事实之年月可考者，排比成一年表；将伯祥的“独悟庵本”（是本书的初印本）校勘标点。这书颇觉粲然可观，遂由朴社刊行。这就是重印本书的一段因缘。

云年做的那篇序，自己很不惬意；因它只发挥了一大堆读后对于家庭社会的杂感，并未曾将《浮生六记》的精英撷出。做序本不容易。如复说书中所有，读书即可，无劳看序。如另说一番闲言闲语，则书自书，序自序，何以见得定是这书的序呢？所以在这书实行重印时，我另外写上一点，以弥补从前的缺憾。

《浮生六记》的作者是个习幕经商的人，不是什么斯文举子。这一点很可注意。统观全书，无酸语，无赘语，无道学语（《养生记道》已佚，不敢妄揣）。

风裁的简洁，实作者身世和性灵的反映使它如此的。我们何幸，失掉一个“禄蠹”式的举子，得着一个真性情的闲人。他因不存心什么“名山之业”、“寿世之文”，所以情来兴到，即濡笔伸纸，不知避忌，不假妆点，本没有徇名的心，得完全真正的我。处处有个真我在，这总是一篇好的自叙传，又何烦我斤斤以告诸君呢？

文章事业的完成本有一个通例，就是“求之不必得，不求可自得”。这个通例，于小品文字的创作尤为显明。我们莫妙于学行云流水，莫妙于学春鸟秋虫，固不是有所为，却也未必就是无所为。这两种说法同伤于武断，同不合事实。无论那一样事情的发生本没有简单的，又何况于文艺的创作时呢。古人论文每每标一“机”字，概念的诠表虽病含混，我却赏其谈言微中。陆机《文赋》说：“故徒抚空怀而自惋，吾未识夫开塞之所由！”这是绝妙的文思描写。我们与一切外物相遇，不可着意，着意则滞；不可绝缘，绝缘则离。记得宋周美成的《玉楼春》里，有两句最好，“人如风后入江云，情似雨馀黏地絮”，这种况味正在不离不着之间。文心之妙，亦复如是。

即如这书，说它是信笔写出的固然不像，说它是精心结撰的又何以见得。这总是一半儿做着，一半儿写着的，虽有千雕百琢一样的完美，却不见一点斧凿痕。犹之佳山佳水，明明是天开的图画，然仿佛处处吻合人工的意匠。当此种境界，我们的分析推寻的技巧，原不免有穷时。此记所录所载，妙肖不足奇，奇在全不着力而得妙肖；韶秀不足异，异在韶秀以外竟似无他物。俨如一块纯美的水晶，只见明莹，不见衬露明莹的颜色；只见精微，不见制作精微的痕迹。这所以不和寻常的日记相同，而有重行付印，令其传播得更久更远的价值。

我岂不知这是小顽意儿，不值当作溢美的说法；然而我自信这种说法绝非溢美。想读这书的，必有能辨别的罢！

一九二三，二，二七，杭州城头巷。